左岸译丛

[法] 亚历山大·拉布吕夫 著
刘婧娇 译

CHRONIQUES D'UNE STATION-SERVICE

加油站纪事

海天出版社
·深圳·

图书在版编目（CIP）数据

加油站纪事 / (法) 亚历山大·拉布吕夫著；刘婧娇译. — 深圳：海天出版社，2021.1
（左岸译丛）
ISBN 978-7-5507-3087-8

Ⅰ.①加… Ⅱ.①亚… ②刘… Ⅲ.①长篇小说－法国－现代 Ⅳ.①I565.45

中国版本图书馆CIP数据核字(2020)第245347号

版权登记号　　图字：19-2020-027号
Originally published in France as:
Chroniques d'une station-service by Alexandre Labruffe
© Éditions Gallimard, Paris, 2019

加油站纪事
JIAYOUZHAN JISHI

出 品 人	聂雄前
责任编辑	邱秋卡　胡小跃
责任校对	岑诗楠
责任技编	梁立新
装帧设计	龙瀚文化

出版发行	海天出版社
地　　址	深圳市彩田南路海天综合大厦（518033）
网　　址	www.htph.com.cn
订购电话	0755-83460239（邮购、团购）
设计制作	深圳市龙瀚文化传播有限公司　0755-33133493
印　　刷	深圳市希望印务有限公司
开　　本	787mm×1092mm　1/32
印　　张	6.25
字　　数	82千
版　　次	2021年1月第1版
印　　次	2021年1月第1次
定　　价	38.00元

版权所有，侵权必究。
凡有印装质量问题，请随时向承印厂调换。

献给历历(À Zoé-Li)

"汽油出自词语的侵蚀。"

——让·鲍德里亚,《美国》

刺人的蔷薇果
（代序）

我的思想不但与乔治·佩雷克①、伊塔洛·卡尔维诺②、雷蒙·格诺的一脉相承，与"乌力波"（Oulipo）③、超现实主义、存在主义和反诗歌流派密不可分，还深受美国、葡萄牙、中国、日本及斯拉夫的文学以及亚洲电影的影响。我一直希望延

---

① 乔治·佩雷克（George Perec, 1936—1982），法国当代著名先锋小说家、电影制片人、纪录片制作人，代表作有《人生拼图版》《物》《萨拉热窝谋杀案》等。
② 伊塔洛·卡尔维诺（Italo Calvino, 1923—1985），意大利新闻工作者、后现代主义作家，代表作有《树上的男爵》《看不见的城市》等。
③ 乌力波，潜在文学超现实主义工场（Ouvroir de littérature potentielle），简称Oulipo，是由作家雷蒙·格诺和弗朗索瓦·勒利奥奈于1960年创立的法国超现实文学运动团体。

续它们的旅程：把这些影响通过后现代达达主义的方式总结、融合在一部作品中。我一直在思考如何面向法国做一些诠释和改编，如何把让·鲍德里亚在1986年写的《美国》——关于美国和未来世界光彩溢目的印象的合集——迁移到法国，还包括亨特·斯托克顿·汤普森①在1972年出版的小说《恐惧拉斯维加斯》。因此，《加油站纪事》的灵感首先来源于我的一些阅读。

我的目光既关注着过去，也具有当代性，着眼于现在。我很少提起，但《加油站纪事》也是一种文学宣言，一种文学起义，是对法国二十余年来小说高产、热销现象的反思。否认"新小说"②派和幽默，立足于古典、传统、普鲁斯特式的写作，大部分的法国当代小说都强调戏剧性、私密性、散文体裁和作品的长度，篇幅紧凑，含义单一。带着嘲弄和骄傲，我决定成为法国文学中那颗"刺人的蔷薇果"，想让形

---

① 亨特·斯托克顿·汤普森（Hunter S. Thompson, 1937—2005），美国记者、散文家、小说家。
② 新小说（Nouveau Roman），也称为"反传统小说"，二十世纪五六十年代盛行于法国，是一种主张摒弃现实主义写作方法的小说创作思潮。

式、诗歌（散文诗）、反讽、文字游戏、无厘头重返文学舞台。尝试将"新小说"再现成"新新小说"，为"乌力波"注入新的气息。我的叙述带有次现实主义的味道（我喜欢称之为"我的达达主义"）和古怪的幽默感（法国当代文学中幽默的消失令我恼火），既愉悦又令人不安。幽默感，属于绝望者的艺术和武器，用于描绘支离破碎的世界。

这显然是我表现出的另一野心：嘲讽当今世界可怕又荒谬的进程。它飞速向前，摧毁未来，冲向末日之墙。在全球化、工业化和消费化的基础上，日渐扩散的盲目在我们对地球的合法掠夺中蓬勃发展，而石油就是其中的媒介之一。我的小说是关于人类健忘和毒瘾的纪事。就像若泽·萨拉马戈的《失明症漫记》一样，在我的故事里，人类是失明症的受害者。

主题和形式：服务于诗意

源于对乌力波的思考，《加油站纪事》首先是一次穷尽无名之地的试验。正如法国作家乔治·佩雷克1975年在《穷尽巴黎某处的一次尝试》中用多种视角对圣叙尔皮斯广场进行描绘：长椅、人行道、咖啡馆、公交站等。理论上说，我的想法是简单的：对在无名之地加油站——现代社会的症候和象征——发生的琐碎片段进行精准剖析，并取之精粹、本质和意义。和马克·欧杰[①]的理解一样，"无名之地"于我而言是一个研究超现代和非常规人类学的福地。加油站也是一个奇幻的无名之地。从未有过完全发生在其中的文学故事。

如何评价我们的世界？如何重新迷上这个世界？

我不仅想还原21世纪"佩雷克式"的文字游戏，还希望破坏传统小说的形式：采取碎片式写作，不受制于故事情节，不用紧凑的时间顺序或者环环相扣的行为来支撑故事的发展。也就是说摆脱记叙中偶尔强制要求的叙事论证，在叙述中使用固定语句，这就是我的递进式省略。

我还做了另一种尝试：凸显形式、章节、段落、语句，并从中提取诗意和幽默的因子，将散文

[①] 马克·欧杰（Marc Augé, 1935—　），法国民族学家、人类学家。

刺人的蔷薇果（代序）

和诗句、感想和俳句、实和虚、喜剧和悲剧、写过的和未写的、隐晦的和明言的融合在一起。由此，形式的碎片化为诗意、美学服务，向某些特定词语和表达的美感致敬。例如："有时候，我怀念无铅汽油的黄金时代。""庞坦让人产生妄想。"或"日本的可望而不可即"。碎片，一种节奏轻快、基调简洁的风格：为了重新感受语言的魅力，甚至是消费、工业和日常生活中的新语。事实上，新语标志着语言的终结，以油泵工的老板的指令为例，他宣布："加油站也一样，必须重新让购买行为充满乐趣。现在，秘诀是优化客户体验。"这句话毫无意义，不值一提，却富有诗意。其内涵在于这句荒诞语句中的后现代诗意，这也是艺术的体现。这本书的章节编号与油泵上滚动的数字和屏幕上滚动的金钱遥相呼应。人类，是编号和数字的奴隶。书的章节编号（1到189）最终转化成字母（A到I）：词语吞噬数字，语言和故事胜出。

如果要总结小说的创作过程，我会这么说：

- 主人公：加油站；
- 主线：油泵工，他的平凡和疯疯癫癫的日常生活；

- 无数有待完结的微小说，像带着喜悦纷纷落下的五彩纸屑：常来和偶然的顾客、冷冰冰的日本女孩、他的朋友尼兹兰、他的姐姐、他的父亲、流浪汉、废弃房屋、廉租房、移动房车、闪动不停的霓虹灯、遗落在柜台的书本、不知去向的U盘、各式各样的标记……一切都是小说开始的缘由。

我的这本小说实际上是发生故障的算法，由无数未完成的小说构成！这是有意为之的。就像弗朗茨·卡夫卡的《审判》和《城堡》中的场景：放任那些未完成的微小说在书中自由发展，敞开想象的大门。相对于完成和结束，我更相信未完成的神秘力量。比起烟消云散，我一直更喜爱云雾氤氲。另外，我在此也没有墨守成规地解释这本小说的机制。我热衷于互相矛盾：以反语为原动力。

尽管故事的形式是零散的，但它的挑战是确保情节丝丝入扣，把这些零散故事融合成一个亦真亦假的侦探悬疑故事（通过追寻失踪的U盘、加密的信息、废弃的房屋等对象的蛛丝马迹），或是一个在都市诗意和超现代性背景下与日本女孩似真似虚的爱情故

刺人的蔷薇果（代序）

事：霓虹灯、涂鸦、电影、广告……这完全是将世界缩影无限放大的散文。

有规则限制的游戏：服务于意义

遵循乌力波的原则，我为自己制定了一些规则。

主题的限制

虽然在当代艺术或电影中常被呈现，但加油站在小说领域却是无名之地。这个场所在法国文学中鲜有出现，即便2019年法国文学回归季涌现出相关作品，例如西尔万·普吕多姆①获费米娜奖②的《经过公路》，加油站是结点、故事情节的转折点，也是他笔下的主人公的生命终点；还有莫妮卡·萨博洛③的《伊甸园》，描绘了输油管道造成的森林毁灭。

---

① 西尔万·普吕多姆（Sylvain Prudhomme, 1979— ），法国当代作家。
② 费米娜奖（Prix Fémina），1904年设立的法国著名文学奖，分为费米娜奖、费米娜外国小说奖和费米娜杂文奖。因评委由女性组成而得名。
③ 莫妮卡·萨博洛（Monica Sabolo, 1971— ），法国小说家，代表作有《一切与我无关》《夏日》《克莱恩·蒙塔纳》等。

因此，首要的限制就是主题。一个平平无奇，看似不着边际的主题：加油站。我的加油站位于巴黎郊区，是绝无仅有的故事场所，理论上说，它在文学中不值一提。将它作为主题意味着逆水行舟，将郊区、边际和边缘人重置于文学的思辨中心。加油站是观察社会的最佳地点，是"世界的十字路口"，我可以在其中尽情书写这个世界，它在荒诞的辉煌中失衡、转变和自我毁灭，它是现实，是这个被石油冲击的后现代世界的记录者。我笔下的油泵工是"瘾君子世界里的毒贩"和"即将到来的世界末日的信使"。我们沉迷于这种流体和对它的无节制消费中，在此对其进行批判显然空洞无力。这种现状也正毁灭着地球，并使其慢慢走近宣告的终点，它的尽头，它的双重末日：二氧化碳的排放带来的后果和石油的枯竭。

另一个让我乐此不疲的尝试是混淆现实。刻意在描写中模糊现实的界限，颠倒现实。因此，半挂车上印着"请相信无效"，这不仅仅是梦境和幻想、真实与假象之间的摇摆不定。超现实转换成错觉、幻影。让·鲍德里亚也认为：甚至结局，亦成虚妄。作为各种可能、想象、现实、假设和各色人等的齐聚之地，加油站是世界中心，也是边缘的十字路口，它由内而外重新散发出魔力。

静止的限制

我的小说批判了新自由主义树立的效率标杆，是对漫不经心的赞扬：通过写油泵工以古怪的方式工作或是以不工作的方式来反抗工作和老板的命令。除了接待客人，波伏瓦尔什么事都做：他秘密筹划展览，看电视，阅读，思考，游荡，交谈。人类的本质不是工作，而是在别处：在重拾的岁月中。波伏瓦尔驻守在他的加油站里进行抵抗，顾名思义：人来人往，唯独他留了下来。他是个无所事事的革命家。

这也正是我对自己天性喜好的致敬。这种喜好在当时并不合时宜，但疫情和隔离重新将"自我"置于中心：缓慢和静止。对步履不停的人类而言，静止成为与世界抗衡的唯一可能。油泵工用沉思来反抗禁止流动的交通指令和从不停息的世界。《加油站纪事》的文本和结构正体现了静止的油泵工和不断出现又消失的顾客之间的张力。

从这个意义上来说，我的小说是一部场景固定的公路电影。一部循规蹈矩、荒谬无比、没有流血的西部片。它打破沉寂并欣喜地将其击碎。我的油泵工波伏瓦尔坚持了一段时间（直到第189节），但对他来说，小说的结局是注定的：他屈从于流动性，屈从于世界，离开了加油站。

《加油站纪事》是对静止、慢节奏、无效、闲散、荒诞的赞赏，它与自由世界，与"不断运转"的世界背道而驰。它与法国左派思想家的常规主题不谋而合，代表人物有让·鲍德里亚、皮埃尔·布尔迪厄①或米歇尔·福柯。正如保尔·维利里奥②一样，我的文本也在思考灾难。"我所在的十字路口，是补给之所，是人行道，是中转地，也是道路的起点或终点。"加油站成为抵抗之地，也就是思考的地方。

---

① 皮埃尔·布尔迪厄（Pierre Bourdieu, 1930—2002），当代法国著名社会学家、思想家和文化理论批评家，法兰西学术院院士，代表作有《世界的苦难》《实践理论大纲》等。
② 保尔·维利里奥（Paul Virilio, 1932—2018），法国文化理论家、城市规划师及美学哲学家，代表作有《领土的不安》《速度与政治》《消失的美学》等。

刺人的蔷薇果（代序）

游戏的限制

如果说法国当代文学有所遗漏，那一定是文本的游戏维度。"自我"常常消耗掉"自娱"，归根结底：形式被取代了。我投身于当代的幽默文学运动中，从让·罗兰[①]到让-保尔·杜布瓦[②]（2019年龚古尔文学奖得主），再到埃里克·舍维拉尔[③]，我想要找点乐趣。不仅仅是将幽默融入叙事中，而且要让小说成为文学、电影和艺术的寻宝游戏。

我的小说是藏身之所、避难之地、文学版的"阿里巴巴山洞"，我自娱自乐地隐藏其中：通过引用或改编巴塔耶、萨特、德波、弗朗西斯·蓬热、鲍德里亚、维利里奥、让·吉奥诺、加缪、波伏娃、杜拉斯、雷蒙·格诺、爱伦·坡、德斯诺

---

① 让·罗兰（Jean Rolin, 1949— ），法国作家、记者，代表作有《组织》等。
② 让-保尔·杜布瓦（Jean-Paul Dubois, 1950— ），法国记者、作家。凭借《不是所有人都以同样方式生活》获得2019年龚古尔文学奖。
③ 埃里克·舍维拉尔（Eric Chevillard, 1964— ），法国小说家，代表作有《侧飞星云》《史前史》《作者与我》等。

斯、让-菲利普·图森、卡尔维诺、卡夫卡、维勒贝克、贡布罗维奇、洛博·安图内斯、村上春树、唐·德里罗、亨特·斯托克顿·汤普森等人作品中的引文、句子或是场景。我也以此致敬自己受到的文学熏陶。

这是一部"戏中戏"小说，我将错综复杂的奥秘、约束和谜团混入其中：隐藏章节（故意漏掉一个编号或一个数字）；通过引用八个行星的名字，藏匿着作品中的太阳系；隐藏我的现实、我的记忆、我的家人、我的朋友，并将它们改写；强迫自己使用"阿亚图拉"或"超人"之类的字眼；掩盖一个问题，找回被自己忘记的那部小说的召唤（小说结尾处的章节B）；混合题材，将虚构的、真的、假的线索打乱。对读者来说，有多少规则疯狂的游戏，就有多少反思的路径，就像我通过提及一些科幻电影和小说所建议的那样。

我的另一个写作戏法则是从当代艺术中汲取灵感，对两件艺术品进行文学解读，两件关于加油站的重要作品：爱德华·霍普于1940年创作的油画

刺人的蔷薇果（代序）

《加油站》和美国艺术家爱德华·鲁沙①在1963年出版的第一本摄影集《二十六个加油站》②。关注的永远是——艺术。

因此，对于一部篇幅如此短的小说而言，虽然有多重入口走进它，对其的阐释也是多样的，但是归根结底，它的目标只有一个——打破虚构。

亚历山大·拉布吕夫

2020年4月20日于巴黎

---

① 爱德华·鲁沙（Edward Ruscha, 1937—　），美国画家、摄影师、导演，也是波普艺术家。
② 《二十六个加油站》（*Twenty-Six Gasoline Station*），爱德华·鲁沙用快照的方式拍摄了一系列加油站组图，并制作成摄影作品集。

1

车库破破烂烂的霓虹灯在浓雾中如灯塔般时隐时现,"地平线"(HORIZON)几个蓝字在我眼前忽闪。

2

夜晚,一个喝醉的男顾客跟跟跄跄地走到柜台前,破口大骂:

"人呢?该死!诗人呢?他们都去哪儿了!"

该如何回答?说什么?他说得对。诗人们都在哪儿?两个在冷藏柜前碰运气的客人向他投来猜疑的目光。那男人依然叫道:

"芭芭拉①!快回来!救命啊!"

---

① 芭芭拉·布洛迪(Barbara Brodi, 1930—1997),法国著名女歌手,身世传奇,国民天后。

此时那两位客人正将鸡肉三明治塞入口中，另外两位顾客则面面相觑。喝醉的男人在我这儿付了汽油和啤酒钱，嘴里不知道在嘟囔着什么。

我看着他离开，监控屏幕上他的步态好似粉红火烈鸟，一瘸一拐。自动门伴着"叮咚"声一开一合。他踉跄着一直走到5号加油泵他的车子旁边。

数字"5"，在中国谐音"无"，喻义子虚乌有。万物的起源和终结。是不作为，是不存在，也是最能代表加油站油泵工的数字。

3

他迅速发动汽车，呼啸而去。那辆路虎消失在巴黎郊外"美国式的夜色"①之中。

---

① 电影拍摄技术术语，指通过安装特殊滤镜，在晴朗无云的白天拍摄夜景。这种拍摄手法旨在营造一种"薄暮现象"（Purkinje effet）以及强烈的色彩对比。

4

我走到室外抽烟。没有客人,自由,轻松,总算空闲了一点。午夜,雾蒙蒙的,但我还是隐约辨认出一辆35吨卡车的形状。加油站深处,一辆大卡车停在载重车辆的停车位上。

突然听见"哞"的一声,是一头牛。一头孤独的牛在夜里大叫,这叫声带着一股奇特而诗意的力量。我一动不动,伺机悄悄观察。低云缭绕,缓缓移动,停留在加油站屋顶上方;另一团云雾则轻轻拂过3号油泵,笼罩了照明灯光、霓虹灯和路灯的光晕,似乎要吞没一切。

加油站不再只是深埋雾中的记忆。

几分钟后,那头牛又开始叫了。声音来自那辆运输它的35吨卡车。耳边传来汽车在环线上飞速驶过的声音:声音被窒息。我轻吹一口气,烟圈流到唇边停住。牛又开始哞叫。我心想，一头奶牛在夜晚叫唤，这太揪心了，就像大海中的漂流瓶。我有点想哭，却笑了。我呼出一团烟雾。我太多愁善感了。

5

今天，稀松平常的一天。现在是下午5点，我无所事事，在柜台后的电视机上播放着1979年版的《疯狂的麦克斯》。自打从事这份工作以来，我一直在循环播放这部电影，试图理解其意蕴精髓，弄清楚它形而上学、哲学和宗教上的意义。

一个顾客喝着咖啡，也被电影所吸引。日落时分，一束阳光照在屏幕上。这时，一辆雷诺太空车①在2号油泵前停好。我享受这种方式，这种边看电视边守加油站、观察人来人往的方式。

---

① 法国旧款家庭车车型。

"麦克斯决定复仇"的音乐。

一家人从太空车上下来。两个孩子,一对夫妻,他们走进商店,看上去很开心。父亲陪孩子们去洗手间时,母亲买了一瓶"零度"可乐。她对着手机轻声说了几句,点击发送,然后匆忙收起手机。父亲和一个孩子回来了,她付了钱。另一个孩子也跑了回来。随后,他们离开。

电视里,疯狂的麦克斯说:"I'm gonna blow him away!"①

我心想,雷诺太空车,显然是一种过时的家庭观念。

一辆多功能车停在1号油泵前。一个肥胖的男人下来,边打手机边走进商店。他拿了一听"零度"

---

① 英文,意为"我要打爆他的头"。

可乐，付了款，然后就走了，一直在打手机。他是否看过我一眼？

极少有客人看我或者跟我讲话。对大多数人来说我是透明的。有些人也许会想，为什么我还存在？为什么没有被自动售货机取代？有时候，我也会问自己同样的问题。

麦克斯："They say people don't believe in heroes anymore."①

6-1

加油站是匿名的消费场所，是所有的冲动的跳板。

我卖得最多的是："零度"可乐。

"零度"可乐、口香糖、薯片、色情杂志或汽

---

① 英文，意为"他们说人们不再相信英雄了"。

车杂志、法国地图、三明治、酒类、巧克力棒（尤其是玛氏①）。当然，还有汽油。

"加油站"其实就是关于世界的某种看法：这完全是一个"瘾君子"的世界，而我是其中的主要"毒贩"。

6-2

我想到了人类的"零度"可乐化现象。

7-1

自受雇以来我卖出了多少桶汽油？

---

① 玛氏（Mars），火星。在此专指巧克力棒品牌。

7-2

一桶汽油有多少升？我每天可以卖多少升？我在这里工作多久了？按照每个顾客加25升油来计算，平均每天100人，182天以来我总共销售了45.5万升，更确切地说是2861桶，因为一桶汽油等于159升。

8

我是现代社会的基石，却又处于流动着的金字塔的顶端：全球化的基本要素。（没有我，全球化就什么都不是。）

然而，我的这个地位相当不稳固。在石油产量减少的时候，我有时会觉得自己过时了。

我告诉自己，如果加油站意外爆炸，如果我在工作场所牺牲，100年后考古学家会在这片遗址上发现我运动员般强壮的骨骼、异乎常人的头颅,以及已与石油和钢材融为一体的烧焦的黄金手链。我将被视为国宝,并在原始艺术博物馆①展出。

我摸索着那包红苹果香烟②。

这种属于过去的感觉越来越强烈,好像我只是一具文物,石油世界的最后一只恐龙,见证即将更迭的(石化)时代的最后一位哨兵,人类无节制消费的黑金世纪(也就是20世纪)的最后一个灯塔守护人。

通过预测化石能源耗尽的时间,我确切地知道,我将在150年后失业。

---

① 原始艺术博物馆(Musée du quai Branly),也叫凯布朗利原始艺术博物馆,位于法国巴黎。
② 红苹果香烟,昆汀·塔伦蒂诺虚构的香烟品牌,名称含讽刺意味。昆汀·塔伦蒂诺(Quentin Tarantino, 1963—),美国导演、编剧、演员、制作人,作品有《低俗小说》《危险关系》《杀死比尔》《无耻混蛋》《被解救的姜戈》等。

9-1

尽管位于郊区的环城线上，介于酒店和废弃的廉租房之间，我的这个加油站仍然立于世界中心。我所处的十字路口（可能性的边缘？），是补给之所，是人行道，是中转地，也是道路的起点或终点。大多数时候，我漫不经心地看着这些道路，有些忧郁，偶尔，也会像忧郁的人类学家那般严肃。

我从这个社会观察站看着这个世界在我面前经过，它准备离开或刚刚到达，带着兴奋或满是疲倦。

车印旋涡般在此进进出出，这是一个黑洞，复杂、多变、难以辨别的不同道路在此被吞没。加油站是公路世界的拱顶石，是它的销轴。

9-2

有时候,我也有离开的欲望。

10

我的梦想,就是被调到得克萨斯州的加油站。我一直幻想拥有广阔的空间。

11

在得克萨斯州,我的加油站可能就位于沙漠边缘。在茫茫荒野中,离埃尔帕索或舒格兰①不远。我将汉堡包和沙冰递给满脸厌烦的长途车司机和疲惫不堪的牛仔。

---

① 埃尔帕索(El Paso)、舒格兰(Sugar Land),美国得克萨斯州的城市名。

厌倦了乌拉诺斯①乡村便利店,警长偶尔会来加油站的酒吧,吹会儿冷气,喝杯啤酒,摆脱日常工作,玩会儿飞镖,在百无聊赖的日子里放松一下。

日落时分的傍晚,在40摄氏度的阴凉里,我会走到加油站隔壁的EL RAYO DEL SOL②汽车旅馆那里,观察经过的最后一辆货运火车,看着饱经沧桑的车身在一大片生锈的输油管道的田野边缘驶过。一个野蛮人在得克萨斯州。③

我擦干额头上的汗水,边抱怨干旱和高温,边把一听冷冻的伴侣号④啤酒贴在脸颊上。于是,我开始从另一个维度幻想降雨:在巴黎市郊的一座加油站工作;离开这片干旱、粗陋、后工业化的土地。

---

① 乌拉诺斯(Uranus),原意为"天文星"或希腊神话中的天神。在此为超市的名字。
② 西班牙文,意为"阳光"。
③ 暗指法国作家亨利·米修的《一个野蛮人在中国》(*Un barbare en Asie*),该书以游记的形式将20世纪30年代中国人的特点描绘得惟妙惟肖。
④ 伴侣号(Sputnik),苏联1957年10月4日发射的人类第一颗人造卫星名。此处指啤酒的品牌。

12

一个老头来到柜台前,而我在和好友尼兹兰玩国际跳棋。尼兹兰曾经是一名职业网球运动员,退役后成为教练。他经常来找我玩儿,或对我讲述他过去的体育成就,他一直念念不忘的马尼拉职业锦标赛的最后一场比赛和作为私人教练雀跃激动的心情。他的新工作在巴黎富人区,那里有很多古灵精怪的少女。

窗外,倾盆大雨。

我聚精会神在这一局,感到十分紧张(仿佛是将生命都压在这难分胜负的棋局上),并机械地往嘴里塞Crazy Craq[①],试图研究有可能的招数,预测各种难以预料的组合。我应该再次置他于绝境吗?他是否倾向于用游击战术?我每次都需要思考一分多钟才走出下一步,我的朋友开始失去耐心。

---

① 法国的一款薯片。

加油站纪事

汽车关门,"咔哒"一声。然后是3号油泵的轰隆声。随后,一个孩子向我这个方向冲过来,他的妈妈跟着过来,准备为刚加满的无铅汽油和他们家小朋友已经开吃的一包哈利波(Haribo)鳄鱼凝胶软糖结账。

最终,我玩了一招"天窗"战术①。

孩子奇怪地看着我们,用手指着棋盘,问道:

"妈妈,这是什么?"

"国际跳棋,一点都不好玩,有点像跳鹅游戏。很初级的游戏,你已经过了玩这个的年纪了,而且这跟国际象棋根本没法相提并论。"

尼兹兰抬起头来:

"您说什么?"

他惊讶地瞪着她:

"您怎么能这么说?这么卑劣?更何况,还是

---

① "天窗"战术,国际跳棋专业术语。

对一个孩子这样说。"

然后他开始夸夸其谈——国际跳棋与国际象棋相比的优越性,还有它的教育功能和益智的必要性。他说:"国际跳棋,就是人生的学校。"(我认为,那是"肉欲的学堂"①。)

他接着说:

"您知道吗,佩索阿②……"

她瞪大眼睛,而他兴高采烈地开始解释连佩索阿都尊敬的国际跳棋。"啊,佩索阿……"突然,他停下来,归于平静:

"我并非一无所有,将来也不会一事无成,我不会允许自己一事无成。也就是说,我满怀着全世界的心之所向。"

片刻的错愕后,那位女顾客气冲冲地拉着她儿

---

① 肉欲的学堂(*L'école de la chair*),又名《无瑕的色彩》,该影片由伯努瓦·雅科执导,伊莎贝尔·于佩尔出演,讲述服装设计师和年轻的侍应生之间的爱情故事。
② 费尔南多·佩索阿(Fernando Pessoa,1888—1935),葡萄牙诗人与作家,生前以诗集《使命》闻名于世。

子走了。妈的,她忘了付钱!我赶忙追出去,只听到那辆黑白相间的MINI①的轰鸣声,看着它紧接着消失在车流中。

我只好回到胶囊舱。

好友边嚼一个鳄鱼形状的糖果,边对我说:

"这女的简直岂有此理,她以为她是谁啊?有辆MINI就了不起吗?有点臭钱就可以胡说八道了吗?在这种情况下,你有两种选择,波伏瓦尔(Beauvoire)②,你看看:你可以自己生闷气,但是愤怒来得太容易,就像人民口中的粮食③;或者超脱现实,也就是说在你感觉对话无法继续的时候与现实脱离。"

我回答说:

"你本来也可以选择闭嘴的。"

他耸了耸肩。我听着雨水敲打加油站屋顶的声音,随即查看跳棋的棋盘,隐约觉得有些棋子已经

---

① 迷你(MINI),宝马集团旗下的豪华小型汽车品牌。
② 此处暗指"波伏瓦"(Beauvoir)。
③ 原文"le pain de mie du peuple"为一句谚语,意为"微不足道"。

被挪了地方。

我抗议道：

"你作弊了。"

然后接着说：

"不是佩索阿（Pesoa），而是坡（Poe）[1]宣告了国际跳棋与国际象棋相比的优越性，还有'国际象棋的无用功'。"

长卷发的尼兹兰看着我，耸了耸肩：

"都差不多。"

13

我多么希望成为鲍德里亚[2]，俯瞰万物。但是，我一激动把棋盘给打翻了。

---

[1] 此处指埃德加·爱伦·坡（Edgar Allan Poe, 1809—1849），19世纪美国诗人、小说家。
[2] 让·鲍德里亚（Jean Baudrillard, 1929—2007），法国社会学家、哲学家，著有《物体系》《消费社会》等书，他的思想可归纳为"现实的消失"。

14

位于世界的十字路口(使社会分化和集中的地方,简而言之:一个由汽车和直立行走的生物组成的社会),可我的加油站四周却什么也没有。它被环城公路、康铂酒店(CAMPANILE)和即将拆除的廉租房包围,对面是"地平线"车库、一望无际的空地和一座废弃的老房子。就像是一艘被困在陌生土地上的太空船,怪异的领地上充斥着怪异的造物。

15

造物的极品——我的老板突然出现。他是一名商人,经营巴黎郊区的好几座加油站和几间洗衣房。在他的帝国里,我就像节日里的五彩纸屑,微不足道。他不时过来检查账目,处理订单和投诉。他今天看上去心情不好,也许是因为油价下跌,或者是跟妻子闹矛盾了。

他忽然挺直身子站在我面前,以烟灰般黝黑的眼睛瞟了我一眼。他来来回回反反复复地比画,指着挂在墙上的26幅美国加油站的照片。这些照片由艺术家和学者们拍摄,注释都写在彩色便签上。他问:

　　"我能知道这是什么吗?"

　　他的手特地停留在一幅作品上:是理查德·朗斯特雷思[①]1970年在得克萨斯州麦克莱恩66号公路加油站的照片,在遮阳棚顶部写着由红色和白色组成的注释:

BULL HORNS GAS 2 GIFT SHOP[②]

　　我欣喜若狂:

　　"哦,对!您可真有眼光,这是最好的一张照片——美国66号公路上的一座加油站。这张照片蕴

---

① 理查德·朗斯特雷思(Richard Longstreth, 1946—　),美国建筑史学家,乔治华盛顿大学遗产保护项目负责人。
② 英文,意为"牛角2号加油站礼品店"。

含了一切：力量、虚荣、诗意、永恒，还有来自沙漠的呼唤、昙花一现的欲望……"

他大声说道：

"你们以为这儿是勒克莱尔（Leclerc）超市吗？把它们给我拿下来。"

我不知道这个奇怪的参照物为什么是勒克莱尔超市。虽然内心极不情愿，但我不得不照办。

16

当我不太稳地站在梯凳上，正往下取画框的时候，一名年轻的亚裔女性在舱门口的橱窗前停下自行车。此刻我感到备受恩泽，于我而言，这是每周一次的来自远东的思绪。这个女子是一个幻影，她大有可能来自另一个星系。每周二同一时间，大约傍晚6点，她每次都穿着高跟鞋、黑色或肤色的丝袜和波点的裙子（由此更显她的天真可爱和光彩动人）。她买了一包洋葱味的薯片。我一动不动，看着她走进商店，屏住呼吸，世间万物在此刻停滞、凝结。时间,加油站,太空,我的心。

她是谁?她从事什么工作?轻浮还是深刻?具体还是抽象?中国人还是韩国人?幻影还是奇迹?她是否愿意和我共度良宵?我想知道关于她的全部。

我从梯凳上下来,她只是付钱给我然后骑自行车离开,并没有说话。我观察着她骑自行车的样子。她朝着巴黎市区的方向,在"地平线"车库和隔壁废弃的老房子的交汇处,拐了个弯就消失了。电压不稳的海蓝色的霓虹灯照亮了那座暗淡无光的房子。

我走到室外呼吸新鲜空气,嗅到了这种幻影的气息,这种气息与汽油味混合在一起。

17

想成为油泵工,就需要持有相应执照(80%的招聘启事都会有此项要求),还得喜欢汽油的味道

（100%的招聘启事都会将其遗漏）。

我喜欢汽油的味道，那种消散不去的汽油芬芳。这种令人陶醉的、顽固的、黏稠的香气，无处不在，有点酸，有点甜，还有点苦。

也需要喜欢一成不变的生活。柜台后面的墙上挂着电视，等候顾客的间隙，我会反复放一些电影来看。或者我会和尼兹兰玩跳棋，以此来打发平日的沉闷和无趣。

最后，还需要喜爱无名之地（流光溢彩和灯火阑珊处）和嗜好汽油味的女孩。有些女孩酷爱汽油的味道。在派对上，当我告诉她们我是油泵工时，她们会贴在我身上嗅探。

与固有观念相反，女孩喜欢浓烈的气味。

18

有时候，我怀念无铅汽油的黄金时代。

19

有时候,我怀念无铅汽油的黄金时代。因为我感觉无铅之于汽油就等同于安全套之于性爱,阿斯巴甜①之于糖果:都只是权宜之计,是我们被阉割的社会和无菌未来的象征。

20

招聘启事里通常会遗漏的还有:想要成为油泵工,还得要忍受新语②。

就像柴油的气味一样,柴油机的味道也臭名昭著:我必须接受各种新语的培训,它们就像一场场不使用麻醉剂的、折磨人的开颅手术。

今天的培训是关于烘烤和分发一体化的工业三

---

① 阿斯巴甜,一种非碳水化合物类的人造甜味剂。
② 新语或新话,是乔治·奥威尔(George Orwell, 1903—1950)的小说《一九八四》中设想的新人工语言,专指书中虚拟的大洋国方言,被形容为"世界唯一会逐年减少词汇的语言"。

明治的新机器。老板决定在咖啡机旁边摆上这种机器。培训师是个活泼的男人，滔滔不绝地向我展示机器触摸屏的百般功能，骄傲地把它比作烟草酒吧：

"有了它，我们将革新工业化生产的三明治的世界。"

21

我的油泵工招募公告提到了责任，其开头就像在描绘一个梦境：

"除了薪资和发展前景外，寻找工作的法国人还可以从事一份有意义的工作，并在工作中实现自我价值。"

22

现在我感到自己很有用，千真万确。我竟然对工业化生产的三明治的革新有所了解。

23

当雷·库布蒙给我打电话时,我正在看《革命往事》①,一部意大利式西部片②。这是一个住在马耳他的朋友,他打电话来是想告诉我他被老婆抛弃了。他老婆是个浪荡的女人,但是他还深爱着她。他向我倾诉他的不幸,不停地喃喃自语,说着他作为被抛弃的男人的不幸。

电影里,米兰达激动地要求肖恩"再也别跟她提革命了"。

朋友的抱怨我听了一半就明白了,他的妻子,也就是他的前任,正是因为厌倦了他的暴力,才跟一名健身教练在一起的。

雷却跟我说:"和健身教练上床这件事充分证

---

① 《革命往事》(*Il était une fois la révolution*),由赛尔乔·莱昂内执导。故事反映20世纪初的墨西哥革命,获得1972年意大利大卫奖最佳导演奖。
② 意大利式西部片(western Spaghetti),泛指一些出现在20世纪60年代,由意大利人导演与监制的西部电影。

明——她是个不折不扣的法西斯主义者,而且品位极差。"影片中,主人公肖恩把手里那本《忧国》[①]扔到泥土里。

他挂断电话,我也挂断了。

24

一辆出租车如操盘手一般横向停在胶囊舱门前。一副足球运动员打扮的司机下了车:百慕大短裤、运动拖鞋和袜子,写有"kiss the earth"[②]字样的彩色条纹T恤。他一进来就径直走到洗手间,五分钟后才出来。他走到珍宝珠棒棒糖柜台边,冲着耳边的老式诺基亚手机气愤地破口大骂:

"妈的!这个女的可不是一个乐高玩具!"

---

① 《忧国》(*The Patriotism*),日本作家三岛由纪夫发表于1961年的短篇小说。该小说体现作者对武士道精神的尊崇。
② 英文,意为"亲吻地球"。

25

出租车呼啸而去。我则沉迷于菲茨杰拉德①的自传——他那放浪形骸的生活。这本书是我今天早上在庞坦市中心的一个被遗弃的沙发上偶然找到的。

我工作的时候,最喜欢用低成本电影、文学和沉思来消磨时光。当然,还有分析体育赛事的成绩。

我停下来思考被传记作者作为基础的一句话,他作品的一句名言:"Show me a hero, and I'll write you a tragedy."②

隐隐约约,我听到有苍蝇飞过的声音。抬起头透过窗户看出去,我发现一些骑着自行车和摩托车的年轻人在油泵周围徘徊,就像一群嗷嗷待哺的鲨鱼或者海鸥。他们在汽车抵达时销声匿迹。

---

① 菲茨杰拉德(Fitzgerald, 1869—1940),美国作家,著有《了不起的盖茨比》等。
② 英文,意为"给我一个英雄,我将还你一部悲剧"。

26-1

一个母亲带着孩子从旅行者①车上下来。她走进来买了一根棒棒糖,和汽油一起付款。刷卡机出票嘀嘀作响的时候,孩子在妈妈耳边窃窃私语。母亲笑着鼓励孩子:"你可以直接问他,他又不会咬你。"(我不太确定。)沉默,孩子犹豫了。(她也不确定)。女人坚持:"去问呗。"小女孩开口问道:"先生,您知道如果石油用完了可以用什么能源来代替吗?"

我想了两秒钟,点了点头,做沉思状,工业灾难研究专家般严肃认真地宣布:

"人类。"

26-2

给我一个反英雄,我将还你一部喜剧。

---

① 旅行者(Voyager),蓝旗亚商务车款型。

27

母亲转了转那双雷诺阿灰①的眼睛,挑了挑眉毛,转身踩着高跟鞋走了。女孩跟着她,问道:"真的吗,妈妈?那位先生说的是真的吗?人类将来会取代石油吗?"母亲非常不耐烦地回答:"当然不是,他在胡说八道,明明是可再生能源。"女孩越来越担心地问:"人类也是可再生能源的一种吗?"我笑了。她们躲在旅行者当中,前往另一个星球。

这种思绪突然让我想起一部电影,这部电影与我的预言遥相呼应:在遥远的未来,人类不仅仅是一种能源,还是一种食粮。电影叫《绿色食品》②,我决定把它下载下来重温一遍。

---

① 雷诺阿灰,导演让-吕克·戈达尔在1963年的法国电影《小兵》中发明的颜色。

② 《绿色食品》(*Soleil vert*),又名《超世纪谍杀案》,1973年发行的美国反乌托邦科幻电影,由理查德·费莱彻执导,查尔登·赫斯顿等主演。影片根据科幻小说 *Make Room! Make Room!* 改编,描绘了一个因为全球变暖和人口过剩而资源枯竭的未来世界。

28-1

我多么希望成为鲍德里亚,在田野里裸奔。

28-2

俗话说:"所有人都要求加满,从来没有人要求过放空。"

29-1

我用手肘撑着柜台,喝着一杯生啤。等待换班的同事让·波尔的时候,我看起了《绿色食品》,完全沉浸在2022年复古未来主义①的纽约和电影主角索恩的调查里。一个顾客试图叫我,我让他等等:

---

① 复古未来主义(retro-futuriste),指当代艺术对早期未来主义设计风格的模仿。

"两分钟。"

"People were always lousy, but there was a world, once."[①]与索恩住在一起的盲人老头罗斯如是说。

29-2

人们总是非常糟糕,但曾经有过一个世界。

29-3

这个,有可能是真的。

30

一个牵着狗(在我看来好像是只银狐)的客人来买了一包好莱坞牌草莓柠檬味口香糖。我好像见过

---

① 英文,意为"人们总是非常糟糕,但曾经有过一个世界"。

他。他长得像维勒贝克①还是波德莱尔②？我也不知道，我有点脸盲。我犹豫是否去要个签名。那人把口香糖递给狗："给，莱卡，慢点，莱卡。"那条狗团团转，又激动又兴奋，跳起来想吃包装袋里的糖果。

31

过了一会儿，当我正在网上搜索有关《绿色食品》及其导演理查德·费莱彻③稀奇古怪的电影作品（总共有55部电影，其中有54部烂片和1部经典）资料时，我看到3个定期光顾的郊区女生，她们坐在柜台的高脚凳上，一边小口地喝着冰茶一边争吵。"我想做什么就做什么，跟谁睡觉、跟谁恋爱我自己来做

---

① 米歇尔·维勒贝克（Michel Houellebecq, 1956— ），法国小说家、诗人和电影导演，代表作有《基本粒子》《地图与疆域》。
② 夏尔·波德莱尔（Charles Baudelaire, 1821—1867），法国诗人，象征派诗歌先驱，现代派奠基者，散文诗的鼻祖，代表作有《恶之花》《巴黎的忧郁》。
③ 理查德·费莱彻（Richard Fleischer, 1916—2006），美国导演、制片人、编剧，代表作有《毁灭者柯南》《欢乐时光》等。

决定，"一个女生气愤地说，"我不需要别人的教训，尤其是你的。"我好奇地听她的言论。"别以为你是圣人。"

我呆呆地转过头，看到外面几个常在加油站周围游荡的年轻男人在停车场边抽着大麻烟卷，边等她们。我在考虑要不要加入他们。其中两个坐在长椅上，另一个坐在马达轰隆作响的摩托车上。他们在播放美国说唱音乐，我依稀分辨出是史努比·狗狗①的歌。女孩们开始交头接耳，指着其中一个男孩。然后一个女孩大喊："我知道他是同性恋！我跟他睡过。"

32

我认为："男人是女人的口误。"

---

① 史努比·狗狗（Snoop Dogg, 1971—　），原名小卡尔文·科多扎·布罗德斯，获格莱美奖提名的美国饶舌歌手、唱片制作人、演员，被誉为西岸嘻哈界的教父。

33

晚间的另一个细微之处。现在是午夜，夜晚却是一片寂静，车流的喧嚣声不见了。大概是为了施工，环线关闭了。

我在路边抽烟，仔细打量那座被遗弃、无人居住、百叶窗紧锁的房子。它与车库只隔着栅栏，横幅上写着"For a better energy"①，背后是廉租房。墙壁上黑乎乎的，破旧不堪，烟囱上爬满了常春藤，满是标记。花园被杂草填满，没有一辆车在此停留。它的背后，一片荒芜。

突然，我听到轻微的爆裂声，看到一缕热气。写着"地平线"字样的霓虹灯震了一下。

它正慢慢没落。

---

① 英文，意为"为了更好地节约能源"。

34

我继续读菲茨杰拉德的传记,里面的脚注比比皆是。

35

一直以来,我都很喜欢脚注①。

36

第二天,我无视老板的要求,打算秘密筹备一个新展览。我把几艘游轮(北极行者号,奥林匹亚精神号,格罗提克号,布盖格号)②的照片打印在

---

① 脚注,原指页面底部对文本的补充说明。作者在此将其理解为事物边界的延伸。
② 均为跨国大型游轮名字,分别来自巴哈马(1976)、比利时(2008)、日本(1973)和沙特阿拉伯(1991)。

A3纸上,然后贴在墙上。

一个送货员,也是老顾客,在柜台前吃法式火腿奶酪热三明治,配了杯啤酒。他打断我:

"你不为播放这种烂片而感到羞愧吗?"

"什么?"

他重复道:

"屏幕上这部。"

电视上放的是一部灾难片——《2012》①。我总是对世界末日、反乌托邦和低成本电影有着特殊的偏好。

37

而且,我的世界中的关键词,容易引起焦虑的语言中的恐怖主义和世界末日语义的词库("全球能源整合""开采量下降""原油价格下跌""能

---

① 《2012》,2009年由罗兰·艾默里奇(Roland Erumerich, 1955—)执导的灾难电影。

源转换""石油危机""石油反危机""短缺""峰值频谱""常规油源下降""石油泄漏""石油平台""产量下降"……）震动着这个星球，让我成为一名信使：

"世界末日的信使，从过去，到未来。"

38-1

我从梯子上下来，手指上粘了一块胶带。我来到客人旁边坐下，给他解释文化差异的原则，以及B级或Z级低成本影片存在的必要性。"恐怖、色情、灾难或僵尸，"我边理论，边把胡椒粉洒在他的火腿奶酪热三明治上，他则迟钝地摆弄着他的领带，"这种电影类型具有颠覆性，有点像先锋派。"他说：

"不，我才不信。就像这个三明治一样：只会被淘汰。"

38-2

我思索了一会儿。我认为他说得对,火腿奶酪热三明治只会被淘汰。

38-3

我的目光落在康铂酒店(CAMPANILE)的绿色霓虹灯上,它就在一匹后肢直立的马的广告牌的正上方。其中那个字母"L"闪得有些奇怪,毫无规律可言。

39

稍晚,夜深人静时,我在看电视,旁边放着一本书。电视上正连续播放着新闻,我故意关掉声音,只剩下图像。

去掉声音,画面就有了一定的深度:一种世界末日和神谕的深度。

屏幕下方循环滚动着字幕："最新消息：万塞纳动物园的一头犀牛因头部中枪身亡。"这与电视上正播放的法国政客在冷冻鱼工厂深切访问的场景格格不入。恐怖袭击、蓄意报复还是纯属故意破坏？报道里没有提出任何假设。

40-1

一男一女两个客人在柜台前待了十来分钟，看上去他们并没有被新闻所打动。他们聊着天喝着咖啡，偶尔瞟一眼电视屏幕，同时深吸一口气，结束了重新上路前的小憩。根据我的推测，他们的目的地是敦刻尔克①的一家工厂。他们要去把自家产业由生产烤箱整改成制造微波炉，因为女人提到过一句"Return on equity."②她重复这句咒语，神经兮兮：

---

① 敦刻尔克（Dunkerque），法国北部靠近比利时边境的港口城市。因二战中发生的敦刻尔克大撤退闻名于世。
② 英文，意为"股本回报率"，是衡量相对于股东权益的投资回报之指标，反映公司利用资产净值产生纯利的能力。

"Return on equity."

这句奇怪的英式外来语,凭借其后现代的诗意在加油站上方飘浮了一瞬间。

40-2

"Return on equity……"我想,这是一句足以引发恐怖事件的密语,或者是一部科幻电影的名字。

他们的讨论异常激烈。信息栏滚动播放着:"万塞纳的一头犀牛被击倒,警方正全力调查。"屏幕画面依旧极不协调,出现了一张法国地图——沿海地区以多云天气为主。

41

我多么希望成为鲍德里亚,可以双手合十,然后对我的门徒说:"电视永远都在上演,它就是永恒的白昼。"①

42

我竖起耳朵仔细听辨,客人们正在聊政治。女的说:"哪里有围墙,哪里就有民众。"

43

让·波尔比平时来得迟了一些。我的夜班就这样以"围墙"一词画上句号。

我疲惫不堪地走在庞坦灯光昏暗的街道上。有人在问要不要可卡因,我礼貌地拒绝:"今晚不用,谢谢。"我想起那句箴言:"哪里有围墙,哪里就有民众。"它让我想到另一句话,也不知道最近在哪儿听过。这个疑惑困扰着我,究竟是哪一句?我努力去回忆,想记起那句话的只言片语。也许是我在走廊转

---

① 语自居伊·德波(Guy Debord, 1931—1994)的作品《景观社会》(*La société du spectacle*)。

角、地铁上或酒吧里不经意间听到的吧!

我被一个流浪汉缠住,他向我乞讨一欧元,就差这一欧元他就可以去酒店过夜。我停下来,漫不经心地在口袋里摸索。我感觉好像摸到一个硬币,递给了他。流浪汉继续往前走,消失在小巷子的拐角处。

我在一家关门的比萨饼店前停下,"急速兔子"比萨,黄色字母印在红色底上,和多国国旗的配色一样,令人陷入沉思。隔壁的帕夏①土耳其烤肉还在营业,那也是一种常见的食物。我猛然想起来一句俗语,像是刚才那句话的回声:"欲盖弥彰。"玛蒂娜·欧布里②在《皮卡尔信使报》③上提到过,为了批评现有政府的决策,坚称自己的言论是无可辩驳的真相。与那句"哪里有围墙,哪里就有民众"有什么关系?我不知道。是结构上的遥相呼应吧?我困惑不已,继续往前走,感觉郊区安静得如

---

① 帕夏,奥斯曼帝国各省总督类高级官员的代称。旧时土耳其对某些显赫人物的荣誉称号。
② 玛蒂娜·欧布里(Martine Aubry, 1950—),法国政治人物。2001年起担任法国里尔市市长,2008年起担任法国社会党第一书记。
③ 《皮卡尔信使报》(*Picard Courrier*),法国地区性的日报之一。

同沉睡了一般。陡然，我心生疑问。停下脚步，我看到用来遮蔽建筑工地的铁栅栏上有个涂鸦，写着"NO PAST NO FUTURE"①。站在这个过时的口号跟前，我翻遍口袋，才意识到我给流浪汉的并不是零钱，而是我的U盘。

44

人生烦恼之多，虽然对于银河系而言微不足道，却接连不断。我丢失的这个U盘里存了什么？我一边刷牙，一边看着镜子里的自己——面色苍白。我尝试解开这个谜团，慢慢回忆：流行电影《疯狂的麦克斯》第1、2、3部，新浪潮电影②，必定还有从非法网站下载的日本色情电影，两三个行政文件以及……我的下一部小说，其实是我的第一部。我立

---

① 此处英文，意为"没有过去，没有未来"。
② 新浪潮电影（La Nouvelle Vague），二十世纪五六十年代受到意大利新现实主义与古典好莱坞电影影响的法国电影流派，代表人物有路易·马卢、让-吕克·戈达尔、雅克·德米、阿涅斯·瓦尔达等。

刻停止刷牙，叹了口气，万念俱灰。除了在这个U盘里的原件，我没有别的备份。就这样我变得一无所有。再见了畅销书。行政文件夹里有我的名字，我的名字！色情电影。（还有我打扮成日本人的照片。）我完蛋了。我必定会被勒索。我漱完口，抬起头。对面酒店那蓝绿色霓虹灯的一部分反射到我家的镜子上：

相爱相杀

45

总有一天，我要去"相爱相杀"过夜。

46

第二天，在加油站里，我依然深陷沉思。现在是下午5点，为了找回U盘，我已经考虑了两个小时是否需要在报纸上刊登寻物启事。我应该在启事上具体写些什么？启事需要登多久？流浪汉会读哪类报纸？他正好看到启事的概率又有多大？

我边机械地为顾客服务，边仔细斟酌。流浪汉应该会读免费通俗的日报，我最终得出结论：流浪汉只能看《解放报》。

47-1

监控视频里的图像出现黑白雪花，还伴随轻微的沙沙声，我把加油站里里外外连接摄像头的八个屏幕都修好了。

雪花，须臾之间。

47-2

这转瞬雪花的诗意。

48

犹豫再三,我还是拿起电话,打给了日报负责刊登广告的办公室。听筒那头传来嘟嘟回声时,我在内心组织可以发表成文的语言:

"本来想给您一些零钱,结果失误给了您一个U盘。它承载着我的梦想,对我来说意义非凡。当时是4月16日凌晨3点,夜色正浓。在庞坦,拉裴鲁兹街,雷蒙·格诺①地铁站附近。我愿意用非常丰厚的回报来与您交换:我的A类储蓄账户②。"

电话那头传来一个嘶哑的声音:"这里是《解放报》报社,请讲。"那个人顺便告诉我,如果留下手机号码,世界上所有的骚扰电话可能都会打过来。我一言不发,挂断电话。

---

① 雷蒙·格诺(Raymond Queneau,1903—1976),法国小说家、诗人、剧作家、数学家,文学社团"乌力波"的创始人之一。
② 原文为"Livret A",是法国银行的一种储蓄账户,类似于国内的定期存款。

49

几分钟过后,我再次给《解放报》打电话,决定刊登寻物启事。后来姐姐打电话给我,我向她讲了生活、工作的近况,我秘密组织的展览以及戏剧性丢失的U盘。

50

要不是姐姐给我打电话,我都忘了自己还有家——更确切地说是还有父亲——我想知道他最近过得怎么样。他住在朗德省①正中央一个名字稀奇古怪的村庄里。他在听筒的另一端告诉我他和伴侣分手了。他的前任是一个很宅的心理医生。(他一直喜欢很宅的女人——也许一直都是那位前任心理医生,他从未承认过。我想知道跟自己的心理医生上床是否符合伦理,如果这也算是治疗的一部分的

---

① 朗德(Landes),法国阿基坦大区所辖省份,滨临大西洋。

话。)这一次,我父亲说了很多话。他无休止地倾诉自己这段关系的决裂。我不知道他是绝望还是如释重负,或者两者都有。他开玩笑说,这不过是他们的第十五次分手。

"你好像还挺想得开。"

他表示同意:

"对啊,我看到了积极的一面:至少,分手为我枯燥无味的情侣日常增添了色彩。"

51

我的思绪飘向情侣逐渐平淡的日常生活,慢慢变淡的两性关系,互相争执的火花。父亲告诉我他还有事要做,现在他得去砍木头了,然后便挂断电话。

52

当我再次查看监控屏幕,琢磨情侣日常生活的时候,一个戴领结、穿西装配白色条纹衬衫的男人，来到我面前。（纳闷，我怎么没在监控里看到有人过来。）他问可不可以留一本书给我，过段时间会有人来取。我对这个要求感到惊讶。

"一本书？"

"是的，给您添麻烦了。"

他把书递给我。

"是给谁的？"

"帕斯卡。"

我在黄色便利贴上写下"帕斯卡收"，粘在书的封面上。那是一本《萨德的使用价值》①。

53

出于好奇，我翻开那本书，里面夹着一张纸条。纸条上写着：4-5-13-1-9-14。我的加油站会不会成为代码信息交易流通的基站？

---

① 《萨德的使用价值》(*La valeur d'usage de D.A.F. de Sade*)，乔治·巴塔耶（George Bataille, 1897—1962）著，该作品主要探讨他提出的"异质学"理论。

54

过了很久,让·波尔终于出现。我打开两瓶满月牌啤酒,我们为我结束一天的工作碰杯。他说到选举、政治、推特在民主辩论中的作用。我刚准备教训他(只要有人提推特,我都会掏出左轮手枪),就被一个戴着绒毛毡帽、穿着斗篷、打扮异样的男人打断,他是来取书的。我是在做梦吗?他是帕斯卡?他走了。我要跟踪他吗?

56

我对同事说了声"不好意思",冲出门。那个男人却不见了,我拨通尼兹兰的电话,想告诉他这个插曲。

57

我焦虑不安,一边抽烟,一边看着加油站旁边的康铂酒店。透过窗户不断变化的影子,斑驳的墙壁,发出噼里啪啦声响的绿色霓虹灯,还有忽闪的字母"L"。尼兹兰回电话给我,他破译出了加密的信息。他说:

"这是一种经典代码。数字对应的是字母表中的文字,意思是'明天'。"

58

明天的什么?

59

我的世界一下子安静了。我的加油站会是哪种交通的枢纽?

60-1

第二天,尼兹兰不接我电话,我很诧异,甚至有点焦虑。电视上连续报道的新闻也没什么重要的社会新闻,没有任何特别的东西。既没有银行被抢劫,又没有大人物被绑架。没有火车脱离轨道,也没有可疑的大罢工。只有一个政要模糊地表示:"当选者是被上帝用手按在墙上的人。"①

60-2

我认为:"哪里有围墙,哪里就有民众。"

61

"在变化不定的时候,需要一些保障。人寿保险不是一种保值的东西。"

---

① 此句话出自萨特的《魔鬼与上帝》(*Le Diable et le Bon Dieu*)。

吧台上有三个穿西装打领带的男人（两个年轻人，一个较年长），大概是推销员。一个喝巴黎水①，另一个喝法奇那橙味汽水，第三个喝过时的卡可拉克巧克力牛奶。他们正在讨论保险。我忧心忡忡。那个男人说得有道理：越是在变化不定的时候，越是需要保障。没什么比变化不定更加糟糕，它是通往恐慌的大门。

62

导致代码信息的交易。

以及致U盘的丢失。

63-1

天赐良机，忘却一切的时刻来临，我的亚裔女性回来了：她就站在我面前，手里拿了包薯片，真

---

① 巴黎水（Perrier），是法国的一种有气矿泉水。

像是一次旅行邀约。这次我决定要去跟她搭讪，碰碰运气，一定不能错过这个千载难逢的机会。我告诉自己，哪怕她的美丽虚无缥缈、无法言喻、惊为天人，但毫无疑问，她是个大活人。今天，她穿着金色的芭蕾平底鞋和米色牛仔裙。她付完钱，正准备走。我必须阻止她，在她消失以前与她说上话。我嘟囔着说：

"我……您想……来根烟吗？"

没有比请人抽烟更浪漫的了，没什么比说这话更好的了。出乎意料，她接受了。我临时关了加油站，把它抛诸脑后，随后我们来到室外，站在空空荡荡的破房子对面抽烟，吃她酥脆的薯片，两人都不说话。我惊慌失措，我感觉沉默是一道坎儿。像（宣传中可笑的）堂吉诃德那样，为了将其击退、碾碎、消灭，我以极快的语速，不停地跟她谈起我的工作、我的顾客、我在朗德的森林中度过的童年。她告诉我她出生在东京，在水泥大厦的丛林中成长，或许我们是天生一对。我笑了，我们之间好像有电流通过。（电流，希望的代名词。）她得走了。我们约定在加油站以外的地方再见面。互换电话后,她消失了。

一道光闪过,一阵持续的噼啪声。我转过头,霓虹灯上地平线(HORIZON)这个词的字母H和Z刚冒出一堆火花,再也不亮了。现在只能分辨出微弱闪动着的:

ORI ON[①]

63-2

我告诉自己,想法就是静态的烟火。

64

马耳他的朋友雷又给我打电话吐苦水:关于抛弃他却不愿跟他离婚的老婆。"这足以证明她很纠结,伙计。她怯懦的矛盾心理。"

---

① Orion,英文,猎户座。

65

睡眼惺忪间（几乎彻夜未眠），我开始上班。老板的脾气还是阴晴不定，石油价格下跌之后，他整个人都变了。他喊我：

"你在哪儿学的写字？养鸡场吗？"

这句话让我想起来一些事，这个瞬间似曾相识，我似乎在哪儿也听到过类似的话：难道是梦境重现？但我没明白：

"您说什么？"

"外面的告示牌……那个我要你写的告示。"

他把一张A4的塑料海报扔在我面前，是关于晚上10点后禁止卖酒的问题。

"公众醉意的消退？开什么国际玩笑！"

我回答说：

"啊，这应该是拼写自动校正失灵了。"

66

晚上,为了寻找我误给了U盘的那个流浪汉,我徒劳地在雷蒙·格诺地铁站周围徘徊,突然想起一首诗的开头:"星星之火,可以燎原。"①

67

手机不停地振动,我拒绝接听。我刊登在《解放报》上的寻物启事正在起效。

68-1

离地铁站不远,帕夏土耳其烤肉附近,在乱七八糟的进口产品市场的普通食物分区,我忘了自己来买什么。

---

① 出自雷蒙·格诺的诗《夜晚》(*Nuit*)。

外面突然传来一阵喧哗,盖过了音乐声。是一对夫妻在街上吵架。我听到一个愤怒的男人在吼:"你应该学会闭嘴。如果你不是个女人,我早就把你打得满地找牙了。"一个年轻女人的声音:"你和她之间那可是爱情。"男人:"不,是寂寞。"

争吵声慢慢消失,被夜色吞噬。印度音乐重获新生。

68-2

我联想到暴力,猛力,悲剧的快感。

69

第二天,一辆灰色保时捷停在过时的蓝色丑小鸭[①]

[①] 丑小鸭(Citroën 2CV),雪铁龙从1935年开始研发的国民车型。

旁边，它们分别在1号和3号油泵：没什么比加油站更能代表民主共和了。

70-1

我走到室外，走到无人居住的房子对面抽烟。夜色已至，细雨蒙蒙。片刻之后，我注意到一个奇怪的细节。楼上的灯亮了。

其中一扇窗户的百叶窗也开着。我看到一个影子，好像是一个女人，她披着白色的——潜水服？——在房间里来回走动。

70-2

距离太远，加上我近视，根本看不清她的脸。我回到驾驶室，我的胶囊舱，决定立马买一副望远镜。

71

我不是机器人?

72

电视上播放的是本多猪四郎①的一部电影《美女与液体人》②,我试着在网上确认望远镜的订单,网站要求我点击:我不是机器人。

73

我怎么会知道自己是不是机器人?

---

① 本多猪四郎(Ishiro Honda, 1911—1993),日本著名特摄电影导演之一,代表作有《哥斯拉》《归来的奥特曼》等。
② 《美女与液体人》(*L'homme H*),1958年上映的日本恐怖电影,由圆古英二和本多猪四郎共同执导。该片为东宝株式会社"变身人"系列的第二部,也是一部反思科学利弊的科幻悬疑片。

74

我不敢回去核实无人居住的房子里发生了什么,放弃了下单。为了让自己不再去想这件事,我在网上查看本多猪四郎这部电影的概要:"核爆炸后被污染的受害者变成了凝胶状物质,需要用灭火器才能摧毁。"查阅导演的个人介绍(高产得可怕,每年产出4部电影),我留意到他1954年执导了《哥斯拉》[①]。更有趣的是1957年的《地球防卫军》:一部色情科幻电影,讲述的是居住在月球另一端的火星人为了繁衍后代,来到地球与日本女性通婚。我接着看《美女与液体人》,想起那道光,那栋无人居住的房子里的生命迹象。这部电影是个噩梦,那道微光亦然。

---

① 《哥斯拉》(*Godzilla*),日本东宝株式会社制作的怪兽电影系列,此处指该系列的第一部。

75

为了暂时缓解石油终结问题（我奇怪地将之与火的熄灭联系到一起，所以10岁时就紧张兮兮地关注石油产量曲线），为了应付石油谢幕和我认为终将来临的大冰期（我10岁就已经有预见性：把石油和大冰期联系了起来），我开始收集火柴。多年来，我已经惊人地收藏了7000盒各种各样的火柴，保存在100多个木头盒子里，长期藏在我父亲在朗德的房子的阁楼和假墙上。2000年初，全球变暖推翻了我的理论，我对大冰期的预测随即破灭。地球从未如此炎热。21世纪10年代，与之相关的新理论出现：地球变暖将会导致冰川融化，造成的第一个结果将会是欧洲的降温。但不幸的是，为时已晚，我已经把收集的全部火柴置换成VHS和DVD格式的B级电影，其中《美女与液体人》就具有深远意义。

76

一个常客来了,他也是邻居,我都快把他忘了。他喝着波尔多葡萄酒,吃着饼干,对我说:

"这导演要么是精神病,要么是未卜先知。"

我思考了一下,回答他说:

"或者是心理咨询师。"

"一个意思。"

我停下了电影。为了摆脱这难以承受的沉重,换换心情,我放了雅克·德米①的《萝拉》②。当看到美国海军在埃尔多拉多酒馆和女生共舞时,一个穿着教士长袍的男人来到我们面前,手里还拿着一个汽油罐。他说他的车在500米开外的国道上抛锚了。他心不在焉,没有留意到仪表盘上的油量报

---

① 雅克·德米(Jacques Demy, 1931—1990),法国导演、编剧、制片人,代表作有《卢瓦尔河谷的木鞋匠》《瑟堡的雨伞》《柳媚花娇》等。
② 《萝拉》(*Lola*),雅克·德米的第一部剧情长片,是一部没有歌曲的歌舞片,讲述法国青年罗兰迷恋酒吧舞女萝拉的故事。

警。他想要赊一罐汽油。他没有现金,没有支票,也没有银行卡。我请客人帮忙照看加油站,这样我好去加满油罐。我决定陪着神甫一起走到他的车那里,希望利用这段路程来忏悔。那是一辆蓝色的斯巴鲁[①]。

77-1

我多么希望成为鲍德里亚,并能够对他说一句:"斯巴鲁之于神甫就等同于渔网袜之于修女。"

77-2

我沉默不语。他上了车,就在他坐下准备关门的瞬间,我看到他——长袍以下——脚上穿的是:军靴。

---

① 斯巴鲁(SUBARU),富士重工业株式会社旗下的汽车品牌。该词在日文中意为"星团"。

77-3

当我思量这个场景的古怪之处时（军靴配长袍，一个穿着军靴的神甫），神甫把深色的车窗打开，告诉我他在伊夫里①任职的那个教堂的名字——希望圣母堂，让我把发票寄过去。

78-1

我情感生活中的奇迹或高潮：我来到她的家，更确切地说，是来到她家的浴室，闻着她所用老牌子的香水的味道（"销魂时光""午夜飞行""所以我爱露珊"②）。她叫星，住在电报站，是我神圣的日本客人。

我欣赏了一会儿墙上挂在镜子旁边的版画细

---

① 伊夫里（塞纳河畔伊夫里，Ivry-sur-Seine），法兰西岛大区瓦勒德马恩省的市镇名。
② 均为法国娇兰的香水。

节：葛饰北斋①的《渔夫妻子的梦》，图中两只章鱼缠绕着女子。我走出浴室。锅碗瓢盆的声音说明主人在厨房里忙碌。我想要进一步探寻她的公寓，看看是否有蛛丝马迹可以让我了解她的个性和喜好，弄清她是什么样的人：古怪或内向，书虫或影迷，喜欢丝绸或蕾丝、长袜或连裤袜、播客或黑胶？这幅版画本身就极具挑逗性，也许是在性爱方面口味独特的迹象，而这在她美丽圣洁的外表下是无法表现出来的。

最终我放弃了探险，来到客厅，准备坐下，这样更有禅意。家具不多：书架、茶几和落在地上的抱枕，没有摆件，装饰极简。蓝色青金石墙上，是爱德华·霍普②的名作《加油站》的复制品。这是一

---

① 葛饰北斋（Katsushika Hokusai, 1760—1849），日本江户时代后期的浮世绘画家，日本化政文化的代表人物，代表作《富岳三十六景》系列画作，其中以《凯风快晴》和《神奈川冲浪里》最为知名。
② 爱德华·霍普（Edward Hopper, 1882—1967），美国绘画大师，以描绘寂寥的美国当代生活风景闻名，代表作有《夜莺》《加油站》等。

幅令人着迷的画：在初现的曙光中，在某处不知名的地方的公路边，森林前有一座加油站，油泵工正处理着三个红色油泵中的一个。不可思议的暮光四下蔓延，笼罩着他，与弥漫在森林里的黑暗形成对比。奇怪的是，画中并没有汽车。公路（还是加油站？或者是森林？油泵？工人？）似乎把他们都吸收了进去。

我试图将版画的色情和加油站的孤寂联系起来。这两幅画之间有什么关系？为什么星的家里会有这些？我认为可以推断出：

1. 对艺术或文化有一定品位，但不是反文化①的品位：这些参照物最基本、最普通不过，是受过教育的中产阶级的象征罢了；

2.（更令人想入非非的是）对肉欲、神秘和恐惧的某种品位。

---

① 反文化（contre-culture），最先由希欧多尔·罗扎克提出使用，在二十世纪六七十年代流行起来，指的是与主流文化的规范大相径庭的一种亚文化，如"垮掉的一代"和嬉皮士文化。

我也在想如何将霍普画作的复制品与经常光顾我的加油站的星联系起来。这个问题困扰着我。

几本期刊胡乱躺在茶几上：一本过期的时尚杂志（2001年的*Vogue*，封面是双子塔起火的照片），我拿起来准备翻翻；更令人惊讶的是，一本*Auto Plus*汽车周刊推翻了我之前的分析（1/2）。出于疑惑，我下意识打开了茶几抽屉，一条黑色蕾丝内裤顿时映入眼帘。继*Auto Plus*之后的第二个打击。我就像不小心被烫到手一样，立刻关上了抽屉门，然后又用指尖小心翼翼地打开，拿起内裤仔细研究。（嗯，是蕾丝，一点儿也不烫。）我正纳闷内裤怎么会莫名其妙跑到茶几抽屉里的时候，星呼唤我。开饭了。我脸颊通红，就像犯错被抓了个正着，也不知道内裤该怎么处理，便把它匆忙塞进牛仔裤的口袋，然后，边站起来边回复道："来了，来了。"我满脸绯红地来到厨房，和她一起坐在蟹粉汤、章鱼干和薯片跟前。她说：

"这个叫椰子蟹拉面（Yashigani soba），是用椰子蟹做的汤面。拿上碗和章鱼,我们还是去客厅吧,那里更好。"

她抓起一瓶清酒朝客厅走去,我跟着她。我把碗放在茶几上。她倒了两杯清酒,把自己那杯一口气干了。她说了句"不好意思",就一声不吭消失在走廊尽头。我盯着她晃动的黑色长款皮裙下穿着网状丝袜的双腿,这一色情陈腐的想象却被她的粉红兔子拖鞋击得粉碎。刚才忘记关抽屉了,我赶忙关上。"呼"的一声关门声。几分钟过去了。她究竟去哪儿了?喝着清酒吃着章鱼干时,我听到了哗哗声。这是水流声:她在淋浴或者泡澡!

版画、《加油站》的复制品、蕾丝、汽车杂志以及突如其来的淋浴形成一个奇怪又独特的组合,我竟没有感到一丝不悦。

当我喝到第三杯清酒,看到汽车杂志的第15页时,她回来了,白色的丝绸浴袍半敞开着,露出她小小的胸脯。我丢下杂志,惊讶地站起来,身体僵硬(被电击中?)。就在此时,她对我说:

"我的内裤怎么会在你的口袋里?"

我低下头。牛仔裤的前侧口袋分明露出一截内裤。我不知道怎么回答，拿起手机，磕磕巴巴，满脸通红："其实……其实，我得走了。"借口说忘了跟我母亲还有个约会，我晃动了一下手机当作道别便仓皇离开。

78-2

她的黑色蕾丝内裤：在我的口袋里。

79-1

一个打扮成西部牛仔模样的男人坚持要我为他清洗挡风玻璃。他以为自己在南圻①吗？我拒绝了。我有更重要的事情去做：正忙着冥思苦想我那莫名其妙的逃离。是因为看到了胸脯，还是清酒的作

---

① 南圻（Cochindine），指位于越南南部、柬埔寨东南方的地区。法属殖民时代，它被称为"交趾支那"，首府为西贡。

用？西部牛仔大失所望，踏着他的牛仔靴，开着他的欧宝阿斯特拉宇宙①离开了。

79-2

去往别的天堂。

80

我在和尼兹兰下棋，他大吃一惊：

"为什么你逃走了，波伏瓦尔？我真搞不懂你，那个时候不是只需要拥抱亲吻吗？她向你伸出双臂，而你做了什么：你逃跑了？！妈的。我觉得，她现在肯定非常抑郁，而且她肯定再也不想见到你。"

"对，我很惭愧。也不知道当时我是怎么了，应该是惊慌失措。她从浴室回来，浴袍半敞，几乎

---

① 欧宝阿斯特拉宇宙（Opel Astra Cosmo），美国通用汽车子公司、德国欧宝公司生产的一种车型。

赤裸，就那个时候……我害怕浴袍，你懂的，也害怕赤身裸体……我全告诉你吧，事实是，她看到她的内裤从我的口袋里露出来……"

"你把她的内裤放口袋里干什么？"

"哦，算了，说来话长……"

一个客人找我点了瓶冰镇啤酒，我递给他一瓶"流星"。尼兹兰走了一步棋，我看出他正为"变色龙"局①做准备。

他看起来若有所思：

"你知道吗，在日本，有人甚至会因此切腹自杀？"

81

一座加油站的本质，甚至其存在的理由，除了被炸毁以外，它的命运就跟银行一样，被洗劫一空。（其命运是戏剧性的。）我没有生活在这种恐惧之下，这不是焦虑，而是一种好奇的期望。

---

① "变色龙"局，国际跳棋专业术语。

82-1

在电影里,加油站至关重要:往往是故事的关键和中心。

在电影开头的镜头里(比如《告别往昔》《巴格达咖啡馆》《得克萨斯州的巴黎》《加满高级汽油》……),加油站的出现标志着探险的开始,可能性的起源,故事的开端。它代表故事的曙光。它的气味,它的核心,它的背景。电影开头的画面就是加油站。

82-2

它还与公路电影、恐怖片息息相关。匪徒绑架、嫌犯逃跑的必经之路,生活在社会边缘的人在此交汇或重组。它是自己所颂扬的边缘的十字路口,是违法世界逃跑的交叉路口。

加油站纪事

83

为什么我从美丽的日本女孩的家里逃了出来?

我一边反复思考这个问题,一边试着跟随《我身体里吹动的风》[①]的剧情。那是一个中国客人用免交半箱油钱的条件跟我交换的韩国影片。这时,一辆警车停在一堆安塔尔天然气瓶子旁。

警察下了车,来到柜台喝东西,明智地点了波多气泡水。他们问我:"有什么要报告的吗?"我犹豫要不要告诉他们隐藏在书本里的代码信息,无人居住却偶尔亮灯的房子,我丢失的U盘,还有我那莫名其妙的逃离。我想到警察从酒精到气泡水的蜕变。我慢吞吞一个字一个字地接茬道:"没,没有。"他们对着对讲机嘟囔了几句,用奇怪的眼神瞟了我一眼,好像我是外星人一样,随后离开了。

---

① 《我身体里吹动的风》(*L'Écho du vent en moi*),由全秀一执导的剧情片,曾获第一届釜山国际电影节Woonpa奖和夏纳电影节"一种关注"单元最佳影片。

84

雷打加油站的直线电话找我。我在绝望和希望之间徘徊，我怕他又要跟我讨论他远去的妻子。但不是，他给我讲述了一个奇怪的故事。

5月8日，他在瓦莱塔①的一条小巷子遇到一个女人。他们同时停下脚步，四目相对，互相攀谈，被彼此吸引，并交换了电话号码。她28岁，以色列人，三周前来到马耳他；他58岁，法国人。他们分别前约好下次见面。

次日，我的朋友去赴约。他们约在一间意大利餐厅碰面。他们一边吃薄切生牛肉，一边接吻、聊天。他想知道她在马耳他做什么。她在瓦莱塔的商业街当化妆品导购，但自称是摄影师。这让人很迷惑。他们分别了，并没有实质性进展，但这并不能打消我朋友想入非非的念头，他依旧被她的性感迷得神魂

---

① 瓦莱塔（Valette），马耳他共和国的首都，该国最大的港口城市。

颠倒。

昨天,也就是第三天,雷又见了他的以色列女孩。他们一起喝东西,在瓦莱塔的小资街区斯利马的灵通人士酒吧。他问她为什么来马耳他。她没有正面回答,顾左右而言他,或者是我的朋友酩酊大醉而无法理解,太晕了而没有听见。他们热烈地亲吻。晚上十点半,她突然对他说:"我跟我老板还有约,我得走了。"他们散了,并没有做爱。然而欲望到达巅峰。

今天清晨,雷收到以色列女孩的短信。他满心期待,得到的却是最糟糕的结果。她说自己被警察逮捕了。他想知道更多的细节。等了好几个小时之后,他的意中人中午又来了条信息,说她在马耳他被遣返回国了,正被警察押去机场。她恳求他的帮助:要他必须通知法国大使馆。真是个稀奇古怪的要求。

雷解释道:

"她可能把我当成了花花公子，紧急状况的救星。最理想的情况就是她受到老板威胁：'如果你不跟我上床，我就报警告诉他们你没有证件，也没有签证。'她果断拒绝，于是他打电话给警察。这就是马耳他的实情，天哪，波伏瓦尔！这个老黑手党的岛屿吸引着世界各地的女孩，这些傻子，她们以为晒着太阳就可以赚钱。她们带着可以接受的精神失常来到这里。我说的是'可以接受'。最终呢？她们变成什么样子？奴隶。每小时4欧元，她们迫不得已用卖身来维持生计或者不被驱赶。"

我打断他：

"你的这个故事一听就是火车站读物①，侦探小说类的。你想想，在《圣地亚哥秩序重生》②这本书里……"

他说：

---

① 火车站读物（roman de gare），指读起来简单、快速，适合在等候火车时打发时间的作品。
② 《圣地亚哥秩序重生》（*L'ordre règne à Santiago*），热拉尔·德·维里埃的侦探小说。

"这可不是小说,哥们儿。我真真切切感受到她的迷茫,那个女孩,她很多次提到金钱。这是我所谓的'在全球化中迷失的灵魂'。好了,我得出门了。"

他挂断了电话。

85

我仔细推敲我朋友的故事。有个想法在我脑海里停留了一会儿:马耳他就像是全球化中灵魂流离失所的十字路口,两大洲之间乱糟糟的跳板。这让我陷入了沉思。

86

我给他发了条信息逗他:
也许所有亲吻你的女孩子
都被判处

从马耳他的领土上

驱逐出境。

87

傍晚时分,雷给我来电话。(我的心一整天都悬着,想着他的故事,他跌宕起伏的故事。)他终于收到以色列女孩的信息,她已经回到父母身边,现在在特拉维夫。他已经猜到故事的走向,她对他解释说,老板的妻子因为嫉妒,报警举报了她非法务工人员的身份,而且还往她的手提箱里放了毒品。所以,她当即被驱逐出境。

我打断他:

"一派胡言。也许她就是想骗你,让你相信爱情无关年龄、无关国界。她想要勒索你,让你在瓦莱塔或者摩加迪沙的街上嫖娼。幸好警察及时抓住了她。"

他说:

"别激怒我。"

88-1

灵魂流离失所的十字路口。

88-2

我的加油站,也像这个迷失的岛屿一样,是灵魂流离失所的十字路口吗?

89

深夜,一辆车停在了加油站的入口,前灯开着,也没熄火。它的这种警告让我晕眩。突然,我想起人间蒸发的U盘,出了一身冷汗。它怎么样了?我连忙去听电话答录机里无人理会的留言。

除了尼兹兰让我去读邦迪博客[①]或者叫我接听电话的消息,还有20多条别的信息。

11个人声称找到了我日思夜想的物件,要求的赎金从10欧元到755欧元不等;5个人取笑我在广告中所提供的回报;4个人问我的性别;3个人没说话就挂了,我只能听到:沉重的呼吸声、海边火车或电车的声音。

90-1

晚上11点,加油站空无一人。我正在翻报纸,得知头天晚上有个女人在拉罗谢尔[②]的一座加油站自焚了。在收银台后面,我又重新看了一遍这篇文章,然而并没有找到更多细节。

[①] 邦迪博客(Bondy Blog),2005年创建的线上媒体,目的是讲述法国种族多样性的故事,并为法国的敏感社群发声。
[②] 拉罗谢尔(La Rochelle),法国西部城市,滨海夏朗德省的省会。

90-2

为什么这个女人要在加油站自焚？为什么要以这种方式结束生命？因为爱情？（她喜欢油泵工吗？）出于怨恨或愤怒？为了抗议？但是抗议什么呢？没有人可以解释她的行为，当然也没有人试图去解释。才刚刚过去一天，世界已然雁过无痕。

我们可以因为爱情牺牲自己吗？

90-3

我给父亲打电话，他并没有认真对待我提出的问题。"我不知道我们是否可以因为爱情牺牲自己，"他说，"但是无论如何，我们可以因为爱情而伪装自己。"他开玩笑，为自己过时的笑话沾沾自喜，然后挂了电话。

91

事发第二天,这个新闻就像荒漠中即将干涸的清流,不再是主流报道,只是一条花边新闻。

标题:《她在拉罗谢尔自焚》

正文:一名18岁的年轻女子半夜三点从夜店出来,开车到拉罗谢尔市米雷尔街区的埃索服务站,加了油,用银行卡付款,回到车上,把手机放在面前以便在脸书上视频直播,然后往身上倒汽油。

我把新闻抽丝剥茧。据法官说,这个惨剧的起源是感情纠纷。在夜店发生的感情纠纷?这怎么可能?

92

"布甘南俱乐部""天堂""特里奥莱""白兔""宫殿平台""哈麦凡风""牛津俱乐部""午夜时分"……拉罗谢尔的夜店很少，我在谷歌地图上证实了这一点。

她去的是哪一家？她想要去和谁拥吻？在"生活的愤怒"，还是在"眩晕"，或者在竞赛海滩的"印尼爸爸"？

93

一个出租车司机把油加满了以后，找我点了杯保乐力加茴香酒。我给他倒上一杯，他想要倾诉。我认为他需要说说自己的一天，清空自己。对于他来说，说话等同于撒尿。

"以前，我是一家夜店的经理，可后来破产了，成了一名出租车司机。现在的我很幸福，因为压力减轻了，而且再也不需要伟哥了。"

94

我心想世界真小,但无巧不成书。我问他是不是拉罗谢尔的夜店。他很惊讶:

"您怎么知道?"

不是因为世界很小,而是因为万物皆有联系。

95

我向他解释:

"有时候,我连自己都怕。"

他用一种不安的眼神看我,把茴香酒干了。

96

我坐在室外5号泵面前的长椅上,一边啃卡芒贝尔奶酪三明治(就像在品尝真相,真相在我口中融化),一边阅读《费加罗报》文学版面上索莱尔斯[①]的专访。

他说:"我,与现实对话。"

我心想:"我也是,但这是一种无言的对话。"

97

令我魂牵梦萦的日本女孩星一直没有消息。加油站接踵而至的客人都眼神空洞、面无表情。我每天的日常生活。

我非常仔细地观看电视上的网球比赛。这场比赛在墨西哥举行,参赛的是一个编着长发绺的牙买

[①] 菲利普·索莱尔斯(Philippe Sollers, 1936—),法国当代著名小说家、评论家、思想家,结构主义流派的代表人物,代表作有《天堂》《女人们》《游戏者的小巷》等。

加球员和一个美国鬈发黑人运动员。达斯汀·布朗①对阵唐纳德·扬②。解说员（并没发现自己的种族歧视）评论道："今天球场上挺有异国情调。"

98

刚说到异国情调，我姐姐和她的新男友就一起来了，她换男友的速度就像换衣服。这次的男友是一个会计，自以为是朱庇特③之子。她，是艺术家、摄影师；他，是数字界的阿亚图拉④。世界将他们分开，但肉体让他们交融。

当我向我姐姐承认我在加油站组织地下展览时，她会趁机把自己的作品强加给我：一些废弃车

---

① 达斯汀·布朗（Dustin Brown, 1984— ），牙买加和德国混血，为牙买加队效力至2010年11月，现为德国职业网球运动员。
② 唐纳德·扬（Donald Young, 1989— ），美国职业网球运动员。
③ 朱庇特（Jupiter），罗马神话中的众神之王。
④ 阿亚图拉（Ayatollah），伊斯兰教什叶派高级宗教学术职称，意为"安拉的迹象"。

库的照片。她一直迷恋残骸。去年,她还组织了一场主题为《废墟诗意》的研讨会。

就在她调整墙上挂物线高度的时候,与她处在同等高度的电视评论员一语道破:"苍蝇改变了驴子。"①

说到苍蝇,我姐姐的男朋友就像苍蝇一样缠着我。他滔滔不绝地说着苯元素,说着我周围的污染和面临的风险。

我不看他的脸,不看他那不对称的鼻子和紧张地盯着电视的双眼,问他:

"你和我姐姐同居了?"

他回答说:

"不,我住在16区,那儿有很多妇科医生。"

---

① 法语俚语,意为"形势惊天大逆转"。

99

姐姐打断了我们,我获救了。她在手机上向我展示她崇拜的一位摄影大师的作品。我没记住名字,只记得那些照片:穿西装的男人们,严肃地站立着,旁边是裸体女人,穿着薄底浅口高跟鞋。他们在玻璃建筑内外分别倒立。

然后,她甚至敲定了自己展览开幕仪式的日期:一周以后。

100-1

告别时姐姐的男友居然亲吻了我的脸,与其说是亲吻不如说弄得我一脸口水,真恶心,我用袖背把它擦干净。他肯定是诺曼底人:

"我很愿意多了解你一些,找个星期天来家里一起烧烤吧!"

我看着他们离开,半信半疑。星期天烧烤:还有什么比这个更可怕?

他们坐上那辆黑色的三菱日蚀跑车。

一对奇怪的情侣,不协调,不牢靠,就像酒吧里的桌子。但这无疑是情侣间的特性:既不和谐又不稳固。

100-2

与情侣截然相反,不是我自吹自擂,我加油站所出售的,不仅牢靠,而且稳定、确定,是一种万无一失:就像流动的液体。

生命的拯救就在流动中。

101

我给姐姐发短信:

你觉得这个外星人怎么样?

第一条短信,像是一个耳光,紧接着是短信轰炸:

你男人有病:
他居然亲我!

更糟糕的是,他对我说:
他住在16区,
那儿有很多妇产科医生。

？？？！

妈的他为什么要跟我说妇产科医生?
他是神经病?

我要开始做噩梦了!

这是我们第一次见面
他跟我说妇产科医生:
他疯了?

逃跑。

把他绑起来然后报警。
或者送去精神病院。

最吓人的是:
他想更多地
了解我。

电视上网球比赛还在继续,双方仍然僵持不下,精疲力竭的解说员点评道:"铁臂桑拿中。"①

我姐姐回复:
是因为他的身体,我才喜欢跟他在一起。

然后又说:
这个异类,其实是炮友。

---

① 法语俗语,意为"比赛氛围陷入白热化。"

我知道她这么写是为了刺激我,想让我心里痒痒的,因为她觉得我一本正经、腼腆羞涩。我回复道:

你是想说,这只是一个满足肉欲的计划。

我正欣赏她挂在墙上的一张照片:巴尼奥雷①的一个车库。我手机振了一下,是她的短信:

烧烤就指望你了。

102

我打电话给父亲,正要抱怨姐姐毫无底线,他打断我:

"我和我的前任在床上,我先挂了。"

---

① 巴尼奥雷(Bagnolet),法兰西岛大区93省市镇。

103

大家都没有底线。看来我是这个星球上唯一可靠的生物,唯一忠实的元素。

我收到好友雷的信息。他说,为了和他的情人在一起,他正"认真"考虑去以色列定居。(当有人用"认真"这个词时,就要开始怀疑他们所说的全部了。)

104-1

一辆出租车停在加油站入口,靠近轮胎充气机,车身上写着"AIR"。驾驶员调低座椅,把帽檐压低准备睡觉。吊床,停机坪,安眠药,加油站是出租车司机的避风港,他们的第二个住所。

我继续在电脑上玩跳棋,受到了虚拟对手的

重创。两名高管边喝啤酒边吃水煮鸡蛋，其中一个说：

"我认为日常生活污秽不堪。"

104-2

污秽不堪或者黯淡无光，我的日常生活令我心痒难耐、气急败坏：我一直没有日本女孩的消息，怅然若失。

我果断结束了比赛。在尼兹兰不断的建议下，我在被他夸得天花乱坠的虚拟交友网站Tinder上注册了账号。我选择了一个昵称——毛毛，并上传了资料照片。

105

今天是假期开始的日子。加油站人满为患，拥挤得像华雷斯①的监狱。我大概数了一下，50多个顾客，其中有十几个孩子。他们挤满了柜台，吵吵嚷嚷地向汽水和有机牛奶发起进攻。我不知道应该先顾哪边，我早已不习惯忙碌。

一个朋克下车，把加油站当成了地铁车厢，大声吆喝：

"女士们先生们，我叫耶稣，我无家可归。我本不想乞讨，但别无选择。"

大家傲慢地一言不发。

"……我只想要一欧元，一块面包，一张餐券或者一点怜悯之心，让我可以去旅馆过夜。我是波兰人，以前是铣工。自从被老婆殴打，我就流浪街

---

① 华雷斯（Ciudad Juarez），墨西哥北部边境重要城市，以暴力、高犯罪率闻名。

头了。"

客人们恢复了各自的谈话、购物和旅程,只有我和一个孩子在听他讲话。

"这是个弱肉强食的世界,我不适应。我知道人们讨要了太多好处。我不是第一个,不是最后一个,也不是唯一一个。我并不为此感到骄傲,但是……"

他突然停下来,眼帘低垂,随后仿佛找到了致命的、决定性的论据,他说:

"而且,共产党要抓我。"

听他说话的那个孩子,被他说的最后一点吓坏了,给了他一杯牛奶,流浪汉一口喝完,然后走掉了。

106

我有种似曾相识的感觉,好像在哪儿见过这个朋克,更确切地说,是见过他的脚:他穿着军靴。

107

我拿着最终还是买下来的望远镜,站在加油站的屋顶上四处张望,就像船长站在自己的船上一样,自鸣得意。眼前是无人居住的房屋,车库,环城大道上画满涂鸦的柱石,还有一片荒芜的空地。我看到那房子的百叶窗又打开了。透过窗户,我隐约看到书桌上有一个圆柱形物件,被一缕落日的余晖照亮。我调节目镜,放大倍数,才发现在地图和地球仪旁边的是……望远镜。

我惊慌失措,松开手,望远镜掉在地上。

108

尼兹兰不相信有人偷窥我。他认为我在胡言乱语,劳累过度,需要休息。

109

"加油站也一样,必须重新让购买行为充满乐趣。现在,秘诀是优化客户体验。"老板召见我,说了这么一番话。我也不知道他受了什么刺激,也许是收益不佳。(或者他信任我。)

110-1

一辆油罐车到了,停好。驾驶员离开驾驶室,拉出软管,把它固定在地面上,汽油如琼浆玉液一般注入地下油库。

110-2

我透过遮帘,观察油泵、油罐车、我的王国,心想,汽油是健忘症的琼浆玉液。在管道里流淌着的,首先是一个神话:充盈之神话。

110-3

加油站所提供的体验,客户体验,就和健忘症一样,是对购买行为的失忆。老板宣布:"要让客户关系人性化,新设一个聊天机器人。"

我很不安,心想,他被什么玩意洗脑了。

111-1

在桥连城①,姐姐的花园中间,桌子上摆着一个朱红色大沙拉盘,里面装满了桑格利亚酒。我仔细观察,上面还漂浮着橙子渣,然后是——鱼龙混杂、臭味相投的客人。

陪我来的尼兹兰说:

"我一会儿就回来,我要去找点能喝的东西。"

会计正忙着烧烤。他烤着肥肉和小香肠,四周

---

① 桥连城(Joinville-le-Pont),巴黎东南近郊城市。

围了一圈女人。毋庸置疑，一定是被烤肉的香味吸引过去的。

我拎着一个西瓜（想送给姐姐，但我连她人影都没看到），冒着烧烤的油烟，在客人们之间穿行，最后在台阶上坐下，已是筋疲力尽。我到底为什么要来这里？刚看到会计向我挥手，好像在邀请我过去，我假装没看到。尼兹兰消失了，一个女人坐到我旁边。她边吃烟熏猪肉三明治边对我说：

"这个西瓜让我想起一部电影：《西瓜的味道》①。您知道吗？是一部台湾电影。"

"嗯？"我嘀咕着，盯着她面包上快要掉下来的一块肥肉。"讲的是……"

"讲的是情欲，干柴烈火。故事发生在台湾的夏天，欲望正四处蔓延。"

我好奇地盯着她。一个金发、调皮、潇洒的女同性恋。我对她说：

---

① 《西瓜的味道》(*La Saveur de la Pastèque*)，又译《天边一朵云》，由蔡明亮执导，2005年在柏林电影节首映。

"您,您是我姐姐的女朋友吗?我还不知道她是同性恋呢。"

"您是她弟弟?"

随后,她又问:

"怎么就同性恋了?"

一个男人,正想坐在我们旁边的台阶上。他手里还拿着一根小香肠,听到我说的话,便问:

"你是艾尔莎的弟弟?你是做什么的?"

另一个男人和一个非洲女人坐在我们跟前,喝着荧光蓝的鸡尾酒,似乎也在等我的回答。他们从远处就听到了这个问题,我不知所措,影子反射到他们的三角杯里,那一瞬间感受到梦幻般的万众瞩目,我深吸了一口气,然后说:

"我没做什么……其实,我是油泵工。"

"是吗?你学的什么专业呢?"

"什么专业?"我重复了一遍,惊慌失措。

"嗯……我想你的这份工作只是用来维持生计的。"

"对,当然……维持生计的工作……我学的是犬类法学。"

然后,我站起来,拿着西瓜,走进屋子。客厅里,人模人样的各式客人们在聊天,或站着或坐着,或无精打采。

我躲进厨房,一个穿着背心的女孩在墙上画速写,画的是一个穿着比基尼泳装的女人,躺在沙滩椅里,手里拿着雪茄。上面有个标签:"性感的你不过是床上缠人的小妖精。"

111-2

"性感的你不过是床上缠人的小妖精。"我好像在书里读过。是的,在某本书里。是否一切都是漫无止境的循环往复?

112

今天下午,一辆吉普车拖着一个贴满彩色贴纸的微型移动房屋,停在充气设备跟前,加油站的最里面。一个男人突然从吉普车上下来,钻进他的移动住所,再也没出来过。

113-1

共和国地铁站里,三条通道的交汇处,一个独臂的残障人士在乞讨。对面还有非洲人在演奏非洲鼓和把拉丰木琴。在他们的右手边,一个叙利亚家庭也在乞讨。该给谁呢?我停下来听音乐。残障人士也跟着节奏点头、微笑,并站起来,用那只健全的手把钱给了非洲人。

113-2

通过尼兹兰强烈推荐的交友网站Tinder，我和一个香港女孩约在巴黎歌剧院门口的台阶上见面。此刻我正在赴约的路上。她告诉我她路过巴黎，停留一个星期。她的个人资料照片模糊不清，但足以让人期待一个苗条迷人的年轻女孩。我很紧张，对我来说这是第一次。我从地铁站走出来撑开伞，收到一条信息：她在老佛爷商场对面等我，大楼的背面。我走过去，雨下得越发猛烈。在斯克里布路和格鲁克街交汇处，我远远地看到一个女生，背对着我，撑着一把透明的雨伞，手里拿着手机，似乎等候多时。非常像我的香港女孩。我慢慢走近，近到可以看见她发了条信息，我的手机振动了一下。是她。我现在在她旁边，细细观察，我所担心的发生了：她穿着拖鞋，微胖，长得奇怪不说，腿也不好看。我几乎就要拍她的肩膀，告诉她我来了。我慢慢伸出手，然后突然改变主意，躲回自己的伞里，扭转方向溜之大吉。

也许她感受到了我的呼吸，转过身，看到正在逃离的我。她给我发了很多信息。我加快速度，甚至小跑起来。我也不知道怎么回事就到了博若莱街。我走进"中场休息"酒吧，微醺的老板直接递给我一杯啤酒。我为自己逃走时竟没有感到丝毫惭愧而有了罪恶感。这不可能，她肯定用了别的朋友的照片做头像。那绝对不是她，或者，是下辈子的她。也许在Tinder上，每个人都在作弊，掩盖现实、身份和外表。与所期待的天堂相去甚远，Tinder只是没有社会地位的人的超级市场，虚拟现实的王国。我不敢看手机，她肯定给我发了一万条信息。最后，我喝光啤酒，径直在手机上卸载了Tinder应用程序。我坐上回加油站的地铁，想回到我的避难所，我的地窖。

114-1

两个加完油的女人在柜台前喝咖啡,她们在聊整形美容手术。一个说:

"他的耳朵肯定是重新粘上去的。"

"那脑子呢?"另一个笑眯眯地问道。

114-2

我有一种不舒服的感觉:她们讨论的是我。

114-3

外面,移动房屋的屋顶上,有一面联合国的旗帜随风飘扬。这是要发动暴乱,还是一个狂热分子想把我赶走,或者他仅仅是个文艺青年?

115

一辆后座有人的摩托车到达,是辆阿普利亚·毕加索。司机把车停在1号泵。当他忙着加油的时候,戴着头盔、没有掀起护目镜的后座乘客下车走进胶囊舱。我注意到一个类似佩刀的东西,挂在他的夹克外套上。他穿过自动门,一副对犯罪现场了如指掌的样子,径直走向薯片货架。是幻想还是噩梦?我被吓坏了,时刻准备按下安全中心的警报按钮。只见后座的乘客抓起一包香蒜味的薯片,付钱。我看着他拿着钞票的手,夹克袖子上闪闪发光的商标——海王星,还有戴着头盔的脸庞。他掀起护目镜,我放下手中的卡布奇诺,惊呼:

"星!"

护目镜下面,我的日本女孩的面庞露出来。我结结巴巴地说:

"你……你怎么会……"

我想说的是"跟这个摩托大汉在一起"。我重

新组织语言:

"你拿着长刀做什么?"

"我去上捕绳术课。"

我猜那应该是武术的一种。我找零给她,吞吞吐吐地问:

"捕绳术?"

摩托大汉放回汽油枪,油加好了。我深深吸了口气:

"上次我真的非常抱歉,我……好吧……怎么做你才能原谅我?"

她想了一下,然后对我笑着说:

"来跟我一起上课吧!"

我惊慌失措,磕磕巴巴地说:

"是,好的,好……呃,今晚不行,但是我答应你。"

"好吧,打电话给我,我再告诉你具体的时间和地点。"

摩托大汉手里拿着头盔,朝自动门走来。三天没剃的胡子,脖子上的龙形文身,身材魁梧的棕发亚洲人：一个典型的粗笨野蛮人。我很困惑，想知道她怎么会跟他在一块儿。她喜欢染头发的彪形大汉吗？头脑简单的人会让她高兴？他用现金付了油钱。是她的恋人吗？这就是她的梦中情人？是"这个人"令她灵魂出窍吗？

他们在漆黑的夜晚离开，"地平线"（HORIZON）霓虹灯一阵一阵地忽闪。

116

捕绳术是日本的传统武术。这种用绳子把人捆绑起来的技术，后来成了武器和防止逃脱的手段，15世纪在日本被广泛使用，曾经是警察培训的基本技能。从那以后，这种艺术得到"提炼"，变得色情了。绳索艺术家米斯特雷斯·本托，在《日本情色幻想》一书中提到："在日本，绳索是力量的象征，是个人彻底颓丧和享乐的代名词。"一共有133种捆人的方式。

惊恐、傻眼、兴奋、嫉妒（我不知道还有什么），我在网上查找捕绳术的定义，同时对星充满疑问，这对她意味着什么？难道她天使的脸庞下却有着狂暴的个性？这个日本女孩是多变的俄罗斯套娃。继续研究的过程中，我找到一本参考书——《束缚敌人的艺术》①，不自觉下了订单。我在想如何礼貌地回绝她的邀请又不会再次伤害她。

117

我又进入另一个维度。一个男人（会不会是上次那个人，只是打扮不同？）委托我保存一本书，说晚些会有人来取。我屏住呼吸，等他一离开就开始摇晃那本书。这一次没有纸条掉出来。我翻了一下，奇怪地发现有两页被折了角。如果把这两页上

---

① 《束缚敌人的艺术》(*Hojōjutsu: Art of tying your enemy*)，艾伦·伍德曼著，主要介绍日本的捕绳术文化。

三个带下画线的单词组合起来,可以拼成一句话。

第33页:"失败""和"。
第88页:"黯淡无光。"

118

一共有六种感官,七大奇观,四个季节,七天,十二个月,太阳系里有七个行星,五个维度。在这第五个维度中,有且仅有一座加油站会发生这类故事。那就是我的加油站。

119

我打电话给尼兹兰。他问我书名叫什么,并怂恿我跟踪那个前来取书的人。匆忙之中,我晕头转向,竟然完全忘记检查封面。我本应从那儿开始的。我拿起书,面色苍白,发出一声杀猪般的惨叫,然后就像世界末日来了,低声说:

"是圣安东尼奥的一本书。"

他好像并不惊讶:

"哦,是哪一本?"

我呻吟着,差点晕倒,脸色更苍白了:

"《很荣幸杀死你》。"

120

电话线那端一直沉默。加油站里惊恐失措。这条信息是给我的吗?耳边传来尼兹兰嘶哑的声音:

"嗯……他的书我都看过,但这一本我还真不知道……嗯,等等,哦,想起来了,是写钢琴家阿尔蒂尔·韩波(Arthur Rimbol)的故事,名字差不多是这样。他只拿了一张在地图册里找到的一个女人的照片,到圣安东尼奥的事务所请求寻找她的踪迹。钢琴家也表示自己正被跟踪。圣安东尼奥让他继续等候。但跟踪他的男子却不见踪影,不久,钢琴家被发现死在家里。哦,不是,该死!等等,这个是《飞越疯人院》①。"

121-1

我被绑了起来,脸贴着榻榻米,不知道自己为什么会同意来这里。为什么我没能拒绝?为什么我软弱地接受了?因为她美丽的双眸?为了获得原谅,还是那微弱的重新征服她的希望?

我穿着和服站在星的对面(穿着丝绸和服的她性感妩媚),随时准备开打。我练过十年柔道,现在是橘带,一米七九对抗她一米五的身高,毫无疑问,我将给她上一堂课,降服她,让她醒悟,让她继续研究捕绳术,让她看看什么是武术大师。

基本的问候之后(站立礼:鞠躬三十度,短暂

---

① 《飞越疯人院》(*Vol au-dessus d'un lit de cocu*),美国电影,由米洛斯·福尔曼执导,电影史上最经典的巨著之一,被称为"影视表演的必修课"。

吸一口气，迅速闭眼），比吃掉一个寿司需要的时间还短，我还没明白发生了什么，也没明白怎么发生的，自己就已经被捆起来了，面部贴地，口水流到青蓝色的榻榻米上。

现在在我面前的是：星美丽的双脚。她牵着红绳子的另一端，摇动着把我慢慢绑紧。

此时此刻的我——感觉自己变成了一条羊后腿，屠夫砧板上的一块肉——欣赏着她脚指甲上涂的黑色指甲油，寻思着作为武术基础的捕绳术，是否是一种凌辱。

121-2

如果满足以下条件，也许我会很乐意被绑起来：

1. 我和她独处，在她的客厅里；
2. 我没有被精神失常的狂热分子包围在榻榻米上，着迷于星的速度之快、动作之灵活以及束绳之优美。

122

也许我会很乐意被羞辱,如果不是正好看到她把绳子递给那个男人,那个文身的胡子拉碴的男人,那个我在加油站见过的染着棕色头发的野蛮人,告诉他怎么使用绳子:不同的捆绑和施压方式,可以自由移动我身体的每一个部分。

123

我开始怀疑自己遇到了一个SM(虐恋)小团体,被他们色诱,我要在柴火堆上被烤熟了。这就是我的命运。

124

第二天,我拖着疼痛无比的身子,回到加油站。我需要给母亲打个电话,抱怨这次荒谬的险遇，然后才能不尴尬地问她，在日本，羞辱是否是一种乐趣，或者更糟糕，是欲望的来源。甚至是欲望的来源？听筒里传来杂音，电话断了。我在回音中挂掉电话，埋头喝我的卡布奇诺咖啡。

我的中国常客卸下一个泡沫箱子，里面装满了大龙虾，他想用这个换取一满箱汽油。为了换取更多的筹码，我假装拒绝了。他坚持道：

"我还带了恐怖片和色情僵尸片的DVD给你。"

我接受了这笔交易，得到了5张日本色情光碟片和一打放在泡沫盒里的大龙虾，那箱龙虾虽然被冰镇着但仍生龙活虎。

125

我抓住一只龙虾，那一刻突然有了坠入爱河的感觉，我亲了它一口——我亲吻的是大海，是它的深不见底，它的万丈海渊——仿佛是在爱抚它。我甚至想领养它。把它放哪里呢？我的浴缸里？

把它放回箱子里时,我感觉自己心软了,变老了,龙虾也一定会更加独立。

126

姐姐的展览开幕之夜。她邀请了30多个人,我在内心深处祈祷老板千万不要突然出现。尼兹兰帮我把姐姐订的酒和点心摆在柜台上。一不小心,他被泡沫箱绊倒(龙虾们正在微型的冰山之海中遨游),一脸惊讶:

"这怎么会有龙虾?为什么你的加油站里会有活的龙虾?"

我回答说:"生活有时候充满奥秘。"

然后,我边吃一个奶酪小点心边说:

"你知道吗?我又见到了我的日本女孩。"

"啊是吗?她同意再次见你了?"

"差不多……但那成了噩梦,至少对我而言。"

我打开一瓶克莱蒙教皇堡酒庄①的红酒放在柜台上,给自己倒了一杯,又给他倒了一杯。我拿起酒杯闻的时候(闻第一下),尼兹兰拿起一个乳房状的糕点。

"想象一下,我发现自己被捆在榻榻米上,在一群渴望能量的瑜伽练习者面前。"

"什么?你在说什么?这是怎么回事?"

(闻第二下)

"说来话长。"

"你去参加SM的聚会都不叫我?"他边取笑我边吃点心,"嗯……太好吃了,你知道这个叫什么吗?"

"维纳斯②的乳房,或者维纳斯的乳头。"

第一批客人打断了我们。一个女孩向我走来,手里拿着水果。一种奇怪又丑陋的水果,有香蕉和袜子的味道,在成千上万种水果中让人一目了然:榴莲!

---

① 波尔多市内历史最悠久的葡萄酒酒庄之一。
② 维纳斯(Venus),罗马神话中爱与美的女神。

我正忙着打开其他的酒,尼兹兰伺机窥探。那个女孩把水果给我,我认出了她。上次在姐姐家烧烤的时候见过,当时她谈论着西瓜和一部电影。她把榴莲递给我,对我说:

"礼物。"

虽然我并不了解送这个礼物意义何在,但我还是感谢了她。外面传来一阵说话声、脚步声和欢笑声。我扭头看向停车场——又有客人到了:一个穿着印有"I AM MY OWN UNIVERSE"[①]的粉红色T恤的女生,一个戴皮质贝雷帽的黑人,我姐姐挽着她的会计(这一幕令我起鸡皮疙瘩)。我对"榴莲姑娘"说了声"不好意思",便去拥抱刚走过自动门的姐姐,无视她男友向我伸出的脸颊。她问我:

"你拿个榴莲干什么?"

"我不知道,问你的朋友。"

"哪个朋友?"

我找了一会儿,她在尼兹兰的陪同下正在卫生

---

① 英文,意为"我就是自己的宇宙"。

用品角落里东张西望。

"在卫生棉条货架前的那个人。"

"不认识……"

我姐姐对柜台的布置和小点心非常满意。我把榴莲放在龙虾箱子边上。客人陆陆续续到了,现在来了50多个人。我姐姐做了简短的开场讲话,紧接着一阵欢呼,一个DJ带着他的设备把查尔斯顿舞进行电子混音。所有人都开始跳舞,就像是《盖茨比》①里的一幕。前来加油的几个顾客付钱的时候向舞池看过来,面对这个场面,要么大吃一惊,要么兴致勃勃,还问我是不是婚礼。他们正吃着巧克力能量棒,为了让他们高兴,我回复说"是的"。

婚姻,令人心安。

---

① 此处指电影《了不起的盖茨比》(*The Great Gatsby*)。

127

我多么希望成为鲍德里亚,以便猛烈地抨击他们:"在婚姻的性爱中,欲望的幻想已经消亡。"

128

但我只是我。DJ播放"彗星来了"①乐队的音乐的时候,让·波尔到了。他一边欣赏舞池里即兴起舞的人们,一边对我说:

"这个很巴比伦,我喜欢。"

我不知道他想表达什么。

"你姐姐是个天才,我要和她结婚。"

"好的,"我回答,"但她已经和一个会计在一起了。"

---

① 彗星来了(The comet is coming),是英国独立唱片公司The Leaf Label旗下的乐队,音乐风格混合了爵士、电子、放克和迷幻摇滚等元素。

"这不算是问题。你懂的:没有竞争何来激情。"

他跑到我姐姐旁边跳舞,"榴莲姑娘"在跟尼兹兰聊天。我想知道他们能聊什么,通常人们都聊些什么。我听到一声咳嗽,表示有人在。我转过身去,是一个如连环杀手般戴着遮阳帽的男人,帽子上写着"转变"。(像是警告?)他来到我面前,为了盖住音乐声而大声问,是不是恰好有人留了一本书给他。我的心脏停止跳动,肾上腺素急剧上升。我轻咳,点了点头,慢吞吞地把圣安东尼奥的书交给他。"这就是个烟斗"①,尼兹兰觉得这本书比上次那个大胡子男留下的那本要好得多,他还把其中的一页纸折起来,在"女士"一词下加画了线。男人拿起书,似乎对书名不太满意,转身离开。我心里有点冲动,想去追他。我打了个手势想引起尼兹兰的注意,但徒劳无功,还不如对牛弹琴。他断断续续地跟"榴莲姑娘"聊天。我离开收

---

① 此句源自比利时超现实主义画家雷内·马格利特绘制的画作《形象的叛逆》,又称《这不是一个烟斗》,画上只有一个烟斗,配字却是"这不是一个烟斗"。

加油站纪事

银台，决定去追那个戴遮阳帽的男人。我看到他上了一辆黑色敞篷土星天空①跑车。我从尼兹兰的大衣口袋里拿出钥匙。他发动了他的土星，我三步并作两步，赶忙跳进朋友的车里。

129-1

我们四目相对，就像洗发水广告里的慢镜头那样。当我冲出加油站时（奇怪的是，所有的事情都以慢动作在发生，就好像我们真的身在电影中，或者更糟糕：在书本里），冲出加油站时（当然还是慢镜头），我看到了老板的座驾斯柯达②。他正横眉怒目地看着我，我也睁大铜铃般的双眼。我本能地加快速度，在后视镜中（依旧是慢镜头）看到他的车冲进加油站。

---

① 土星(Saturn)，通用汽车公司旗下的品牌之一，Sky是土星的一款跑车。
② 斯柯达(Škoda)，德国大众汽车公司旗下品牌，创立于1895，总部在捷克。

129-2

宣告灾难的纪事。

130

我闯过红灯(仍然并且永远是慢镜头),决定从现在开始逃跑,离开这座城市,走得越远越好,越过黑夜,穿过森林,去一个离我老板最远的地方。我看到一辆红黑相间的雅马哈650XS摩托上坐着两个人。后座的乘客背上背着一把长刀。我超他们车的时候差点撞到。此后,他们也消失在我的后视镜中。

131-1

我屏住呼吸。是我那残忍的日本女孩吗?怎么办?回去继续聚会?返程?掉头?为时已晚。

131-2

正同加缪所说:"幸运的是,为时已晚。"①

132

日本的可望而不可即。

133

后视镜里:十字路口,摩托车,从头盔中露出来随风飘扬的两条马尾辫。时间仿佛被拉长了。突然,在漆黑的夜晚:警灯狂闪,警笛长鸣。好像是警察在叫我停车。犹豫了一会儿,我把车停在了人行道上:历时250米的犹豫。

---

① 源自阿尔贝·加缪(Albert Camus, 1913—1960)的作品《堕落》(*La Chute*)。

134

两名警官从车上下来,把手放在手枪的皮套上,慢慢往前,朝我走来,大义凛然,时刻准备拔出手枪把我拿下。那一瞬间,我感觉自己像是地球上的头号罪犯(也许在那一刹那我真的就是)。

135

庞坦让人产生妄想。

136

1号警官(胖胖的,长着小胡子:20世纪80年代警察的模样,仿佛是从热拉尔·乌里执导、路易·德·菲奈斯主演的电影①里跑出来的)用手示意

---

① 此处指法国电影《虎口脱险》(*La grande vadrouille*)。

我摇下车窗,我照做了。他认为我刚刚犯下的是违反交通法规的滔天大罪,声音沉闷地对我说:

"先生,您刚刚闯了两个红灯。"

"您确定吗?"其实在内心深处,我认为没什么比路易·德·菲奈斯的喜剧更忧伤的了。

我一直都觉得路易·德·菲奈斯的电影很悲凉。更加悲凉的是理查德·唐纳①1978年拍摄的《超人》第一集。

2号警官:

"您在嘲笑我们吗?"

他苗条瘦长,一头淡金黄色头发:典型的法西斯式警官的样貌。他极力掩饰自己想表现出来的温柔。我问:

"你说什么?"

我想,没人比超人更悲哀了。他亲眼见到自己一生挚爱的离世,朝生暮死的人类被卢瑟的疯狂引发的

---

① 理查德·唐纳(Richard Donner, 1930—),美国导演、演员、制片人,代表作有《超人》《X战警》《致命武器》等。

地震吞噬。没有什么比超人的伤心，比他那无法言喻的孤独更叫人难以承受。他的永恒毫无用处。

"你是色盲吗？"

我想着超人无尽的悲伤（他永恒而孤独），想着这一幕对我造成的创伤（我想，正是那个时候，我9岁多一点，才意识到自己是人类，绝望而无可救药的人类，于是我开始收集火柴），我重复道：

"你说什么？"

事实上，没人比超人更有人性，没有人比超人更狂热、更坚定。他出于爱，改变了历史进程，让地球偏离既定的轨道，将手表逆时针旋转让时光倒流，让他心爱的女人重生以便拯救她。当1号警官凶巴巴地说"先生，请出示证件"时，我才回过神来，我意识到自己被捕了。

"呃……我没带证件……可第二个红灯在哪儿？我没看到。"

2号警官说：

"慢慢从车里出来。"

我服从了，他把我按在车上，搜身，摸了摸我的裤裆。

"先生,您喝了酒?"

"不算是。"

"什么叫不算是?"

"啤酒不能算酒。"

"他根本没把我们放在眼里。我们去查一下他那报废的汽车,然后给他开张大罚单:轮胎光滑,侮辱警察,保险缺失,再加上闯了两次红灯。"

"哪里报废了,明明是辆水星①。"

1号警官说:

"你给我闭嘴。"

2号警官说:

"这是您的车吗?"

我说:

"呃……算是我借来的。"

"越来越扯了,好好看着他,我去翻他的后备箱。"

---

① 水星(Mercury),福特汽车公司旗下中高级轿车品牌,创立于1935年,生产线已于2010年关闭。

2号警官拿枪瞄准我,1号警官把手从开着的车窗伸进去,打开后备箱,随即走到车尾,可能想要寻找一具尸体。(那一刻,突如其来的疑虑化成一滴滴冷汗:我只希望,尼兹兰没有忘记车上的任何一具尸体)。金发警官发出一声轻叹,他在后备箱找到个东西,抓住并举起来,凯旋般地大声叫道:

"这是什么?"

137

我转过头,舒了口气,低声说:

"乍一看像是把电锯。"

138

一把电锯,两公升朗姆酒,三公升下雅马邑白兰地,四瓶圣卢峰红酒,一箱十罐装的修道院啤酒,十包香醋薯片,五包口香糖和避孕套。

在警察局，尼兹兰面对1号和2号警官在汽车里找到的物品明细清单，在我小心翼翼的提醒下，施展自己的外交手腕，让警察相信这些其实无关紧要。他解释说，他是一个伐木工人，这是他的车。他只是准备跟另一半，一个巴黎律师事务所的律师去野餐。最终，一切都奇迹般恢复了正常。

139

系好安全带，我问尼兹兰：

"你后备箱怎么会有个电锯？"

"当时在打折。"

"可你根本没有花园！"

"真的很划算。"

我仔细观察他的脸，他看起来很认真。

"你真的有病。"

"你才有病！对了，为什么你开着我的车跑了？"

"为了跟踪那个来拿密码书的人。"

140

回加油站的路上,他对我讲了聚会的尾声。他坚持要给我介绍一个女孩,一个对我来说非常完美的女孩。我告诉他这是不可能的,他忘了一件事:我爱上了我的日本女孩,星。

他对我说:"爱情,就是小说。"我反驳道:"我感觉更像是科幻小说。"

141

回到加油站,是让·波尔当值。我小心翼翼地看着死去的那堆龙虾,它们肯定是被掉进泡沫箱的榴莲熏到窒息身亡的。

142

我把它们全部扔进女厕所的马桶里。

143

我来换让·波尔的班,他回家了。

奇怪的是,我并没有收到老板发来的任何爆炸性信息,他并没有解雇我。我看到的那个进入加油站的人肯定不是他:而是他的克隆人或是一个和他长得一模一样的人。(如今,撞脸并不稀罕。)

144-1

移动房屋岿然不动,衣服挂在屋顶的天线上。烟囱还突突突地向外冒烟,就像打出的子弹那样。联合国的旗子被换了下来,现在挂着的是一面红底的、有一条镶着白边的黑带从左上角延伸到右下角的旗帜,好像在哪儿见过。我去查阅《拉鲁斯图解词典》,原来是特立尼达及多巴哥的国旗。

我还没有见到这个侵略者。也许他想在这儿扎根,长期定居,把我的加油站变成露营地点。

144-2

我联想到这个社会也会移动房车化。

144-3

我在思考,世界迟早要流动起来,脑海中出现一个没有墙壁,也没有固定住所的未来,这时,一个黑人青少年和他父亲坐在柜台前聊天,面对着两杯健怡可乐。少年在吃一个麦当劳的汉堡包,说:

"爸爸,上帝看得到我们……"

我仍迷失在自己的幻想中。(星在哪儿?她在做什么？我应该给她打电话吗？找什么理由呢？）过了一会儿，我听到少年边说边往薯条上挤番茄酱：

"我向你保证，爸爸，形而上学并不是一种进化，而是衰退……一种巨大的衰退。"

145

少年走到我面前为可乐买单，但在全神贯注地与父亲讨论：

"我在上帝面前向你保证，爸爸，（少年虽然目不转睛地盯着我，但目光空洞，好像在那一瞬间，我就是上帝。）我只说了这个，他们就把我当成神经病。"

146

我心心念念那可爱又可恶的星，想着或许可以给她发短信约她吃晚餐。我思前想后，迅速上网查了点东西，然后发信息邀请她一起去看电影，去巴黎一家电影院看僵尸片的回顾展。这个主题放映将持续一整晚（从午夜到早晨八点，三部电影），时间是两周后的星期六。

147

少年和他父亲离开了。现在是晚上十一点半，闲暇时光。我不知道该怎么打发时间。（用什么方式好。）

148

在一个非法网站上，我试图下载，并非毫无顾虑，戈达尔的最新电影《告别言语》。

我意外地被一条广告吸引了。屏幕左侧的下载网页上，一张女性鼻子的照片下面闪烁着一行荧光字："不到两周，我就去掉了鼻子上的隆起部位。"

149

出于猎奇心,我犹豫再三,最终还是点击了那个图标,那张照片,那个鼻子。顿时跳出了成千上万个网页和色情网站的广告弹窗,加油站的电脑卡住了。

150

成千上万个的广告弹窗过后电脑瞬间黑屏:它突然关机,失去了灵魂,微微发出类似于轮胎漏气的怪异声音。

151

电脑突然关机总是令人恐慌,就好像地球停止了转动。我屏息凝气,等待了两秒钟。在沙哑的咳嗽声中,它自动重启,变成蓝屏。这块20世纪80年代产的雅达利①蓝色屏幕——比黑屏更可怕——滚动着一系列难以理解的绿色数字和字母。

152

我战战兢兢,野蛮地拔掉电源,这时收到了星的短信:

哦,是的,我喜爱僵尸。

153

这条信息更加令人不安。我已经彻底陷入困惑,自问自答,一定是因为这样她才随身带着长刀,这种武士的兵器和她对僵尸的喜爱肯定有关。

---

① 雅达利(Atari),电脑游戏机厂商,20世纪80年代转向制造个人电脑,后破产被收购。

154

我冷静下来,深呼吸,吸气,再吐气。我试图说服自己,日本女人喜欢僵尸再正常不过了。我的额头上滚下了一颗汗珠。

155

而且,她这么回可能是为了取悦我。"哦,是的,我爱僵尸":也许应该把这种对半生不死者的喜爱看作只是对我个人、对我、对我的陪伴(与我一起去看电影)的兴趣,而不是嗜血狂魔的狂热。

156-1

到电影里寻找答案:为什么加油站会适合拍恐怖片?也许它带有新世界的萌芽。《爱你至死不渝》①《得州电锯杀人狂》②《双峰》③……加油站成为避难港湾或海峡,成为宇宙间的桥梁:兵家必争之地或者是……嗜血狂魔的栖息之所。

156-2

我又吸了一口气,吸了一大口挥散不去的死于榴莲的龙虾的恶臭。我盯着吱吱作响的监控屏幕,又一次想到:"庞坦让我疯狂。"

157

在其中的一个黑白屏幕上,我看到让·波尔回来了。他走到我跟前,告诉我他忘带手机了,并啧啧赞叹道:

"派对简直太棒了!我喜欢你姐姐,她是我的

---

① 《爱你至死不渝》,乔纳森·列文执导的恐怖片,于2006年上映。
② 《得州电锯杀人狂》,马库斯·尼斯佩尔执导的恐怖片,2003年上映。
③ 《双峰》,大卫·林奇执导的系列电视剧,共两季,1990年播出。

活力来源，我生命中的海狸①。"

158

还没来得及告诉他我姐姐并不是海狸，一个年轻黑人女性手拿一本书来到我面前，仿佛是从西部片走出来的一样，头戴牛仔帽，腰系格子衬衫。她说：

"我想把这本册子留给您，自会有人来取的。"

让·波尔接下书，没有考虑利害关系。那个女的走了，我的同事盯着书的封面看。我问是本什么书。他回答说：

"纯粹只是挑衅。"

在他放到口袋里之前，我从他的肩膀上方，瞥见了书名，是加缪的《堕落》。

---

① 海狸（Castor），因为"波伏瓦"（Beauvoir）一词的发音很像英语中的"海狸"（beaver），所以萨特在情书中一直用这个爱称称呼波伏瓦（Simone de Beauvoir）——"我迷人的海狸"。

159

年轻的黑人女子骑上摩托车。4号油泵跟前停了一辆车,一辆古董车——复古版菲亚特500。令我意想不到的是,雷,我的马耳他朋友从车上下来了。他满面春光,来到舱门口找我,告诉我他要去遥远的南边度假,正想借此机会打个招呼。车门打开,副驾驶座位下来了一个女人:他的妻子。另一个意外惊喜。趁她去洗手间的时候,我给雷一杯咖啡,问他:

"你们最终还是复合了?"

他回答我说:

"对的,兄弟。革命无效,重归于好。"

这时,从厕所传来一声歇斯底里的叫喊,所有人(让·波尔、雷、另一个客人和我)赶紧冲过去。他的妻子哭着出来,瑟瑟发抖,躲进雷的怀里。

"出什么事儿了?"让·波尔问。

她猛跺脚,叫嚷道:

"Water①里有活的大龙虾!"

160-1

我在康铂酒店前抽美国香烟,透过亮着灯的窗户,看到一些影子在动,并听到激烈的讨论声。我难以理解龙虾的复活,难道榴莲只起了麻醉作用?我走到虚掩着的窗户边,隐约看到黑色和绿色的墙纸,听到一句:"我的自由破灭了。"接着是摔门声、啜泣声、吱吱声,酒店的霓虹灯熄了,然后什么动静都没了。我等了一会儿,等待影子出现或者号啕大哭声。但枉费心机,只有市郊的噪音将黑夜的节奏打乱。灯光照在黑色和绿色墙纸上,其中一端隐约看到一棵棕榈树。一阵窸窣声传来,我转过身,瞟了一眼无人居住的房子,发现一个影子骑上自行车沿着红砖外墙离去。

---

① 英文,意为"水"。

160-2

我在移动房屋四周转悠,想仔细观察。我用手电筒把覆满车身的贴纸照亮:加勒比海地区的国旗。轮胎充气机布满铁锈,像是正在传播病毒一样。

车门口的地上,我刚好看到一张红色宣传单,是"家具先生"清仓大甩卖的广告。一个触目惊心的口号被画掉:那句话让我回想起一些痛苦的记忆,莫名地让我心碎。

一个家伙手里拿着一把铁锹和一捆胡萝卜,不知从哪儿突然冒了出来。我被吓了一跳。他朝我走来,我向后退了一步。他问我(好像我在他家一样):

"您想来一根吗?"

我不知道如何作答,指着地面,迟钝含糊地说:

"这……这张传单,这句口号,我好像在哪儿见过。"

他捡起来,看了看,放下铁锹,递给我一根胡萝卜：

"'布置房间（充实内心），也是丰富灵魂。'然后呢？这也可以当作是福音教堂的标语，毫无新意。"

他耸了耸肩，把传单揉成团，捏在手里，冲进移动房屋。

160-3

"我不知道这是否毫无新意，但我想起来了我的……"这句话出自我那本几乎快写完的小说，唯一的版本在错误递给流浪汉的那个U盘里。

它怎么会出现在传单上？

我不假思索就得出结论，呆若木鸡："家具先生"的推销员太不择手段了。

161-1

两天后,老板对我进行每周例行检查。他从收银台拿出十几张钞票,再从冰箱里拿出啤酒,从自动贩卖机里拿出三明治,把它们全都消灭干净,然后去信箱取信件:两三封信和一个包裹。他拆开包裹,里面是一本奇奇怪怪的书。他拿给我看:

"这是什么?"

我看了一眼封面:《束缚敌人的艺术》。

161-2

人生多烦恼,对宇宙而言微不足道,却接连不断。是我订购的那本书:《束缚敌人的艺术》。我假装不知情:"我不清楚。也许是广告或者是让·波尔突发奇想?"老板耸了耸肩,把书扔进垃圾桶的厨余垃圾里。这绝对是犯罪。

162-1

罢工了。愤怒的卡车司机堵了炼油厂。加油站的库存已经清零,再没有汽油卖了。完全空了。反常的是,我从未像现在这般忙碌。绝望的车辆排着长队,把进入加油站的路塞得严严实实。我被各种问题狂轰滥炸。

他们的主要诉求和暴行的目的:恢复正常。

162-2

回归汽油滚滚、物资充裕才是王道,幸福流淌的世界。

162-3

我或许会成为这一回归的保障,它的受托人。人们恳求我打电话给道达尔、莫比尔、英国石油公司、瑞士Petroplus石油公司、壳牌、艾威亚、埃索、埃克森。①

我肩负着他们最后的希望。

谣言病毒般四处散播,说在封锁库存区之后,石油公司会首先把汽油供给我的加油站。

162-4

封锁之后,天朗气清。

---

① 以上均是世界一流的石油公司。

163

汽车无法加油,人自己却要吃饭,他们便把我的商店、酒吧一扫而光。连薯片都没剩下,有机产品柜台也被洗劫一空。

加油站里停满了车,顾客拿着汽油桶在骄阳下游荡,像极了游乐场里怪异、饥饿的僵尸。无组织无纪律。至少,是混乱的开端。

164-1

有些人(新来者)不懈地向我乞求最后一滴汽油,最后一点,似乎是我故意把无铅汽油的油枪藏了起来。

164-2

室外喇叭声不断；室内，一部分人愤怒不已，咒骂卡车司机或者政治人物，另一部分人则在谈论眼下国家一盘散沙的状态和走向末日的世界。其中有一些人濒临崩溃，强忍泪水。一个男人问我有没有生蚝。

物资匮乏导致神志不清。

为了平复情绪，我在屏幕上播放（1981年版的）《疯狂的麦克斯》。

164-3

公路地图的陈列架前，两个顾客为政府的决策争论不休，一个认为十分开明，而另一个则认为非常愚昧。

我的加油站俨然成了政治舞台，一个交流和辩论的平台，脉搏，人民发牢骚的议会。

164-4

我尝试给星打电话，无人接听。

疯狂的麦克斯说："She lives now only in my memories."①

164-5

一个医生在吧台正大力提倡放弃煤炭在交通运输中的使用，以低碳、清洁和可再生能源作为替代。他宣称汽油是异端，它逼我们直接陷入绝境，并大声疾呼："醒醒吧！"猛烈抨击碳氢化合物。

---

① 英文，意为"她现在只活在我的记忆中"。

渴望为客人发声的我,安慰说:"你们可以不用担心。因为正如布鲁克纳①所言,'低碳的政治策略背后,是蓬勃向上的绿色产物'。②"

165-1

罢工已经进行了三天,它无时无刻不在提醒我,外面还有一个世界,一个真实存在的世界,它在呼喊,它饥渴难耐。

165-2

罢工让我重新投入工作。

---

① 帕斯卡·布鲁克纳(Pascal Bruckner, 1948—),法国小说家、杂文家。
② 出自《世界末日狂热论》(*Le Fanatisme de l'Apocalypse*)。

165-3

我清理堆满加油站地面的各种垃圾,还有莫名其妙的战争残余(塑料袋、压扁的易拉罐、烟头、棉签,还有薯片和健达缤纷乐等的包装)的时候,发现移动房屋人间蒸发了。

毋庸置疑,它一定是感受到了匮乏、灾难的风声,像动物一样在地震前逃了。

166

今天是我的生日。我不知道该怎么庆祝,就跟着尼兹兰来到巴黎北站附近,参加传说中的"俄罗斯"聚会。他妹妹卡珊德拉(微胖而心情低落)也加入了我们。

聚会上到处都是美丽性感的南美女孩。其中一个走近我,给了我一杯喝的,然后一口气干了她那杯,问我除了脸书之外是否还有别的生活。她想说什么?我正准备回答她的时候,一群曼妙的斯拉夫"美人鱼"走近我们,聊一些我不懂的东西。远远地,我看到尼兹兰的妹妹正被一个男人挑逗。我干了别人请我喝的饮品,我想应该是伏特加,然后就在聚会上失去了知觉。

167-1

夜晚,我赤身裸体,有人在嗅我。

有人在嗅我,对我说:

"你身上有汽油味。"

我浑身疲软,烂醉如泥,含糊不清地说:

"只是一种香水而已。"

167-2

她继续嗅的时候,用的是舌头!我在想自己怎么会和尼兹兰的妹妹卡珊德拉躺在一起的。一切都凌乱不堪。我的脑袋沉重不堪。我愿用我的一切来换取一片阿司匹林。我把她翻过身,在她胖嘟嘟的屁股上达到了高潮,然后整个人都趴在她的背上。

168

第二天,我头痛欲裂,像是要炸了。尼兹兰的妹妹已经离开,但是给我发了一堆短信,让我什么都别告诉她哥哥,不要向他透露我们的"真实关系",并补充说我"真的很温柔",强调我们拥抱时极其甜蜜。我并不知道她所谓的"真实关系"指的是什么。

我努力还原那天晚上的思绪,但徒劳无功。

169

透过玻璃杯中被泛起泡沫的药片弄浑浊的水,我注视着自己的加油站。它似乎漂浮起来,失去了

重力。时空错乱。柜台前,一个推销员对另一个推销员说:

"我对职业道德的了解应该归功于足球。"

170

我怎么会跟自己最好朋友的妹妹上床?我试图在被药片弄浑浊的水里找到答案。电视上,罗德兹队(Rodez)[①]和红星队(Red Star)[②]正在进行足球比赛。解说员嘲笑一名日本后卫因为打滑和不合时宜的铲球而经常摔倒。他逗趣道:"日本人可能是草食动物。"罗德兹队被判罚任意球。一个客人来加油,5号泵发出嗡嗡声。我的手机振动了,是卡珊德拉发来的短信:

你晚上有什么安排?

---

① 法国罗德兹的一个足球俱乐部。
② 法国巴黎的一个足球俱乐部。

171-1

室外,在无人居住的房子对面,我慢吞吞地抽着烟,心不在焉。傍晚时分,我观察着烟雾和蒙蒙细雨交织在一起。过了一会儿,我才发现一个异常之处:有辆车停在房子的台阶前。我趁机仔细窥探,但无论里外,什么都没发生。然后突然间:碎石小道上传来脚步声。有个人影。门打开又关上的声音。汽车启动离开,但没开前灯。我回到自己的座舱,在记事本上写下:"开始思考,等同于开始被消耗。"①我的手机又振了一下。红星队要求判罚点球,终于如愿以偿。阿韦龙省②的守门员尤里斯被罚红牌,离场。他为了干扰红星队的乌拉圭前锋埃斯特拉斯射门,故意冲撞犯规。一名球员对这一裁决表示不满:

"什么冠军赛,简直就是沆瀣一气。"

---

① 出自加缪的哲学随笔《西西弗神话》(*Le Mythe de Sisyphe*)。
② 阿韦龙省(Aveyron),法国南部-比利牛斯大区所辖的省份。

我查看手机。是不是卡珊德拉要我回答她的问题?不,是星的短信。她问我僵尸之夜是否还算数。我回复她:

比以往任何时候都说话算数。

171-2

我比以往任何时候都想见她,比以往任何时候都思念她,比以往任何时候都想成为她的"沙漠囚徒"①。我出去透气,抽第n支烟,顺便喝杯咖啡。

171-3

室外,我用塑料棒在杯子里搅拌。(我喜欢这种寻常手势的美感,喜欢永无止境地重复它——犹如天地万物置身于这旋转之中。)

---

① 出自约翰·福特执导的美国西部电影《搜索者》(法语名为 La Prisonière du Désert)。电影中男主埃森的侄女被印第安人掠走,并把她当成印第安人教养。

172-1

我回到胶囊舱。销售员们还在,他们靠在柜台上看比赛,讨论取暖器和流体惯性。

172-2

我困惑不解,想知道他们在说什么。我在谷歌上搜索,出现了429000个结果。第一个链接是个提问:"应该选择哪种惯性?"

172-3

"快乐宅家"论坛,一个网友写道:"我想用惯性取暖器替代家里的一些烤面包机。但是我想知道:如何选择惯性?"

172-4

我给尼兹兰打电话,想知道他的近况,也想问他推荐哪种惯性。他没有接。一个顾客来付油钱,然后离开。

173

毕竟,我的加油站里并不售卖永恒。人们只是过客,来去匆匆,昙花一现。时光流逝的象征,甚至是无常的象征。与寺庙相反,我的加油站庆贺的是短暂、片刻和瞬息。只有它的构造(基础设施构造)不朽,得以长存。好吧,也许人们会分季节回来,永恒也是有周期的。这是一种难以把握的永恒,无法掌握。

174-1

推销员们还是没有动身的打算。他们不慌不忙,似乎并不急于推销取暖器材。球赛结束了。现在他们在看新闻,被加来①的移民话题吸引。一个人说:

"移民把逃亡演绎得太夸张了。"

174-2

我倒是很希望自己是杰克·拉莫塔②,可以面不改色地命令他们离开。但是我只呛了他们一句:

"那你们呢,我认为你们过分演绎了销售。"

---

① 加来(Calais),位于法国北部的加来海峡大区,是法国重要的港口城市,与比利时接壤,与英国隔海相望。
② 杰克·拉莫塔(Jake LaMotta, 1922—2017),美国拳击手,1949—1951年世界拳击锦标赛中量级拳王。

175

我给父亲打电话,想告诉他我差点跟愤怒的销售员们大打出手。他却向我表示他很忙,正在比利亚茨①跟新女友,他的人生挚爱一起做海水浴疗,晚些会回电话给我。他窃窃私语:"她身上到处都是文身,不可思议,她的身体就是一本摊开的书。"然后立马挂断了电话。

176

僵尸之夜如火如荼。

---

① 比利亚茨(Biarritz),位于法国西南部比斯开湾沿岸的度假胜地。

177

影院大厅里,两场放映的间隙。我和星讨论刚刚放映的《恐怖星球》①结尾处的追逐场景时,一个矮小微胖、穿着拖鞋的亚洲女性,远远地盯着我。我假装没看到。她走近对我说:"我认识你,是你。"星看着她,我也看着她。我拒不承认。亚洲女性很执着:"真的,真的,我认识你,我想起来了,我们在Tinder上约好见面的,你来到我面前,上下打量后转身走了,我喊你名字的时候,你跑掉了。你是毛毛,对吧?"我撒谎说,我不是什么毛毛,我也不知道Tinder。她弄错了,这肯定是她故意来搭讪的借口。她不太聪明,更何况我还说了:"你看,我已经有未婚妻了。"她走远了,骂我真混账。我心想现在发生的一切都是"真的"。星看

---

① 《恐怖星球》(*Planète Terreur*),由罗伯特·罗德里格兹编剧和执导的美国丧尸电影。

着我，我看着脚下。她问我：

"你用Tinder吗？"

我矢口否认。

178

夜晚，在她家，电报站。

179

那天晚上，我们睡在一起，却什么也没发生。她美得不可方物，令我无法和她做爱。

180

今夜无月。浮生若梦，就像她的眼珠，她胸部的形状，一切似乎都不真实。

181

一辆半挂车停在载重停车位上。车身两侧,都贴了一则广告:

请相信无效。

司机下车活动身体。

我一边抽烟,一边在康铂酒店窗边漫步。我听到争吵声,狠话,哭声,接着,短短一分钟之后,又听到了呻吟声。小两口床头吵架床尾和。

加油站旁边的酒店是秘密之地,与它相反,加油站是透明之地,或者是它的回声,它的卫星。

182

我赤身裸体地躺在床上,厨房里散发出一种奇怪的气味。我边看电视边抽法国香烟,喝日本威士忌。星穿着淡紫色睡衣突然出现,手里还端着一盘炸鱿鱼。我专心致志地看一部关于混凝土的纪录片,吞下一只软体动物。

183

正当解说员卖弄地说:"混凝土之于建筑,就如灵魂之于人类"时,我吞下了第二只。

184

黑屏。

185

星关掉电视，微笑着把机器的电线拔掉，拿在手上，她想再次做爱。

186

她把我当成了性爱玩具，或者是她的欲望永无止境。

187

我成了她的玩具，用来满足她的欲望。

188

她把我绑在床栏上。

189

第二天,我的加油站面目全非,也许我也同样。人去楼空的房子被一台起重机取代。施工开始:不对外开放。

A

我坐在尼兹兰的水星车里,音乐声开到最大,在公路上风驰电掣。播放的是《海底地峡》,来自9T Antiope组合①的伊朗电子乐。

我临时从加油站请假,去朗德的森林,父亲住在那儿。他给我发来悲痛欲绝的求救信号。他的文身伴侣欺骗了他,把他偷了个精光。他们是在网上认识的。她各方面都很完美,那是他的一生所爱。事实上,她一直在隐藏自己的动机。

潜伏已久,她知道要等待合适的时机(他睡熟

---

① 9T Antiope组合,成立于2014年,由两位伊朗音乐家(Nima Aghiani和Sara Bigdeli Shamloo)组成,风格以抽象、电子、试验音乐为主。

后）把他所有的东西都偷光：银行卡、支票本、护照、家族首饰、特级庄葡萄酒，当然还有他老旧的梅赛德斯、他的拖拉机、他的电脑，甚至是摆放在客厅窗前用来吓唬小偷的蜡像。

稻草人是没有用的，敌人来自内部。

B

我走完全程。我还以为可以一直这样走下去。漂泊终生。这让我想起一本书（一本架空历史小说），但我记不起是哪本了。我感觉下一份工作可以是长途汽车司机。新的健忘症。

我从固定的加油站进入流浪状态。

C

自从遇见星,我也许就已经开始流浪了,居无定所。这种变化无常的激情令我心向神往。

D

夜晚的高速公路车水马龙。

就像一个古老的梦:紧急停车带、白线、指示牌、服务区、"警告牌"、灯光的海洋、隧道、匝道、电线杆、沥青马路、鹿的影子。

一切都映在我的太阳镜上。

我的油箱即将弹尽粮绝。

E

指针降到红色区域,我手机电池也是。到了一个收费站。

收费站过后,来到一个服务区。一些卡车停在入口处。经过公路缓冲区、小坡、路堤:加油站出现了,美好热闹,简直是沙漠中的海市蜃楼,黑洞边缘的类星体。

F

我加满油。加的是普通汽油,普通汽油越来越罕见了。但我知道在法国哪里可以找到它。(我知道普通汽油的秘密。)

G

高速公路上的加油站位于第一梯队,耀眼、明亮、现代化,俨然就是救世主,在所有加油站当中出类拔萃。石油产业星罗棋布,并在全世界范围内蔓延。它们是糖果。人们可以从中找到一切,消耗一切。

甚至在其中某些加油站,人们可以生活于斯,定居于斯:一些旅行社提供的终极体验。虽然有些异想天开,但在我看来这种未来是可能的。

田野中央,更远的地方是一座巨大的风力发电机。

H

我手里握着油枪,闻着在轻柔微风中发出的汽油味,听着高速公路上汽车疾驰而过(宛若繁星)

的声音。

风力发电机呼呼作响。

离天堂咫尺之远,我神思恍惚。此刻的我,怡然自得。一滴又一滴。

I

加油站空无一人,除了我。我的状态前所未有地好。现在是半夜三点。

我看到油箱加满了,不情愿地挂回油枪,付钱,离开,继续前行,安慰父亲,顺便把支票本借给他。

我手里拿着一杯速溶咖啡,嘴里含着搅拌棒,头发被空调吹得凉丝丝的,轻松愉快地去收银台。

付款时,我面前站着一个容光焕发的女油泵工,身穿着复古未来风的白色制服,蓬蓬头。当我正要转过身离开时,她那莞尔一笑令我想入非非(是在对我放电吗?),她对我说(她说了吗?):

"带我一起走吗?"

致　谢

真诚地感谢：

邦雅曼·利莫内（Benjamin Limonet），为其细致、牧师般的产生幻觉的数次校阅。

金玟庆（Kim Minkyung），远东虎，她增加（摧毁？）了我的现实感。

法比安·波尔德勒（Fabien Bordelès），为他的阅读，他作为档案员的犀利见解，火眼金睛。

以及他的好友依夫（Yves）。

塞巴斯蒂安·吉耶（Sébastien Guillier），来自朗德的支持。

我幕后的朋友们（阿朗松、格朗热-欧贝尔，阿瓦隆、博讷、罗马加油站、波尔多以及巴黎14区）。

最后，*last but not least*（最后但同样重要），感谢我的编辑让娜·居永（Jeanne Guyon）和伊夫·帕杰斯（Yves Pagès），为感谢他们的一丝不苟、幽默和信任。